Fritz-Stefan Valtner

Gestatten, wir sind...

Balu, Merlin und Liz

Bibliografische Information der deutschen Nationalbibliothek:

Die deutsche Nationalbibliothek verzeichnet diese Publikation in der deutschen Nationalbibliothek detaillierte bibliografische Daten sind im Internet unter http;//dnb.dnb.de abrufbar.

Verlag: BoD • Books on Demand GmbH, In de Tarpen 42, 22848 Norderstedt
Druck: Libri Plureos GmbH, Friedensallee 273, 22763 Hamburg

ISBN: 978-3-7597-9564-9

Printed in Germany

Alle Ähnlichkeiten mit lebenden Personen sind rein zufällig!

Fritz-Stefan Valtner

Gestatten, wir sind...

Balu, Merlin und Liz

Vorwort zu diesem Buch:

Eigentlich wollte ich ein Buch schreiben über unsre beiden Katzen Balu und Merlin. Ich war damit schon soweit fertig, als sich unsere Lebenssituation veränderte.

So sollte auch der Titel eigentlich lauten.

Merlin und Balu...

... ein Leben ohne Katze ist sinnlos!

Aber wie das Leben so spielt, gibt es plötzliche Änderungen in einer Lebensphase und man muss sich neu aufstellen. So war dies auch bei uns der Fall.
Auch unsere Katzen mussten eine Veränderung in ihrem beschaulichen Leben bei uns hinnehmen. Wie sind sie damit fertig geworden?

Später dazu mehr!

Dazu musste ich nun mein Buch um ein zusätzliches Kapitel erweitern.
Auch den Titel musste ich nun ändern in:

„Gestatten das Trio Balu, Merlin und Liz"

Es war schon ein kleines Experiment als wir uns entschlossen, auch aus Therapiegründen heraus, uns nun auch noch einen kleinen Hund in unserem kleinen Familienverbund aufzunehmen.

Ob dies geklappt hat?

Viel Spaß beim Lesen!

Über diese beiden Katzen handelt die eigentliche Geschichte:

Dürfen wir uns vorstellen?

Der kleine weiße Fleck ist Merlin und das graue Etwas ist Balu.

Gleich mehr zu den beiden in den nächsten Kapiteln.

Im letzten Kapitel erzähle ich über unseren Neuzugang, der diesmal keine Katze ist, aber der unsere Herzen im Sturm eroberte!

Mal ehrlich, ein Leben ohne Katze ist zwar möglich, aber irgendwie sinnlos.

Dieses Satz habe ich schon oft vernommen und kann ihn eigentlich nur bestätigen.

Allerdings muss auch ich mein Faible für Katzen leicht überdenken, da auch ein Hund, dein Leben bereichern kann!

Mittlerweile habe ich schon vier Bücher über Katzen geschrieben, die alle bei uns im Hause gelebt haben.

Mit diesen Buch ist es etwas anders, da ich hier ein völlig neues Kapitel hinzufügen muss.

Merlin und Balu sind zwei Kater, die mit uns gemeinsam zusammen leben und uns jeden Tag aufs neue überraschen mit ihren Eigenheiten, ihren Sinn für Gemütlichkeit, ihren Drang ihre Liebe zu uns zu zeigen und auch ihre Anteilnahme zu zeigen, wenn es einem nicht so gut geht.

Daher können wir sagen:

Ein Leben ohne Katze wäre wie ein leeres Fass!

Bevor ich über die beiden Katzen von uns erzähle, kurz eine Beschreibung und Art unserer Katzen.

Beide Katzen sind so unterschiedlich wie ihre Farben, vor allem in ihrem Charakter.

Fangen wir bei Balu an:

*So wie auf dem Bild ist dies
seine Lieblingsbeschäftigung.*

Chillen würde man heute dazu
sagen!

Aber auch seinen Namen trägt er
nicht zu Unrecht. Abgeleitet von dem
Bär aus dem Film „Das
Dschungelbuch" ist seine bedächtige
Gangart dem Bär sehr ähnlich.
Selbst das Wackeln mit dem Po hat
er drauf.

Seine Bedächtigkeit täuscht aber darüber hinweg, das er blitzschnell zufassen kann. Ansonsten liebt er die Gemütlichkeit und das ruhige Leben in unserem Haus.

Von der Rasse her ist er ein sogenannter „Kartäuser", ein mittelgroßer, recht muskulöser Kater mit einem Gewicht von rund 7 Kg. Die Rasse kommt aus Frankreich, hat ein kurzes, dichtes Fell, welches in der Regel einfarbig ist und in ein helles bis dunkles Blau geht.

Balu hat eine leichte Färbung, die zwischen hell und dunkel liegt.

Seine Augen haben je nach Lichteinwirkung eine Farbe, wie ein heller Bernstein.

Das sind Augen!

Seine Charakterzüge werden mit ruhig, zutraulich, umgänglich und freundlich beschrieben, was ich nur bestätigen kann.

Unser Balu ist ruhig und sehr sanftmütig und dem Menschen zugetan.

Auch zu Fremden ist er immer sehr freundlich und begrüßt sie immer gerne, nachdem er sie genau beobachtet hat.

Er liebt seine „Menschen oder besser gesagt, seine Dienerschaft" und ist dabei sehr schmusig, kuschelt gerne und liebt es gekrault zu werden. Zu seinem Ritual gehört es, abends bei uns auf der Couch zu liegen und gestreichelt zu werden.

Ich habe oft das Glück oder das Pech, je wie man dies sehen will, wenn ich in meinem Büro am PC sitze und versuche etwas zu Papier zu bringen, das Balu zu mir kommt und mir zeigen will, das er mich liebt.

Mittlerweile habe ich ihm einen kleinen Tisch neben meinem Schreibstuhl hingestellt, so dass er nun neben mir Platz nehmen kann, ich weiter schreiben kann und er seine Streicheleinheiten bekommt.

Mal sehen, worüber er so schreibt

So liegt er dann bei mir, schaut mir zu und oft hören wir dann eine leise Meditationsmusik dabei. Er scheint dies zu genießen! Durch seine ruhige Art hebt er sich von anderen Katzenarten wohltuend ab. Allzu viel Trubel und Hektik liebt er nicht. Liebt es aber im Mittelpunkt zu stehen und zeigt dies auch deutlich, das er zu uns gehört und trotz Besuchs in unserem Haus unsere Nähe sucht.

Trotz seiner Größe und seines Gewichts ist er erstaunlich beweglich und kann sich hervorragend zwischen Gegenstände bewegen, ohne diese umzuwerfen. Darüber bin ich jedes Mal erstaunt, wie sicher und grazil er sich bewegt, wo es bei anderen Katzen oftmals scheppert.

Auch das Zusammenleben mit anderen Katzen funktioniert recht gut. So hat er, als er vor 4 Jahren zu uns kam, es mit einem alten Kater zu tun gehabt. Diesen musste er akzeptieren. Was ja auch ganz gut klappte.

Nachdem unser alter Kater Moritz verstarb, war er für eine gewisse Zeit der „Herr" im Hause, die aber dann jäh endete, als Merlin ins Haus kam.

Das weiße „Etwas" ist Merlin

Merlin, eine britische Kurzhaarkatze, kam als ganz junger Kater aus einer Zucht aus Rügen zu uns.

Er ist ein kleiner mittelgroßer Kater mit einem Gewicht von rund 3 Kg.

Kein Vergleich zu den sieben Kilos von Balu.

Er hat ein kurzes, dichtes und plüschiges weißes Fell mit einer dunklen Farbgebung über dem Rücken und dem Schwanz. Er hat schöne, hellblaue Augen, die er recht drollig rollen kann. Was einem manchmal vorkommt, als wenn er schielen würde. Auch er ist ruhig, sanft, recht unkompliziert und sehr menschenbezogen. Meiner Frau folgt er fast aufs Wort.

Merlin ist etwas ängstlich und hier und da auch mal etwas schreckhaft, vor allem wenn er ein Geräusch nicht kennt. Dann zieht er sich schnell zurück und wartet erst einmal ab.

Durch Balu wurde er aber schon etwas mutiger.

Eigentlich suchen sich beide, aber es kann auch mal hoch hergehen zwischen den Beiden, besonders dann, wenn Merlin Balu zu nah auf dem Pelz rückt, dann fliegen schon einmal die Fetzen und es regnet weiße Flocken!

Wir können auch gemeinsam!

Noch hat Merlin es nicht gelernt sich zu wehren.

Wir hoffen, dass er es eines Tages einmal schafft. Aber vielleicht ist er auch einfach zu gutmütig.

Er liebt es abends zu uns auf die Couch zu kommen und sich zwischen uns zu legen, um sich seine Streicheleinheiten abzuholen. Ansonsten liebt er es bei uns zu liegen und zu schlafen. Meist kommt Baulu auch noch dazu und will auch verwöhnt werden.

Zum Glück ist die Couch groß genug und wir alle vier haben Platz darauf.

Oh, ist das gemütlich!

Man sagt oft, das Katzen eigenwillige Gesellen sind. Aber sind wir dies nicht auch? Man muss halt jedes Wesen so nehmen wie es ist.

Auch unsere beiden Katzen haben ganz unterschiedliche Vorlieben.

Während Balu eher der gemütlichere Typ ist, ist Merlin eher derjenige, der gerne spielt und herumtobt. Auch das Klettern macht ihm viel Spaß.

Manchmal will ihm Balu auch zeigen, dass das was er macht, er es noch viel besser machen kann. Immer nach dem Motto je höher desto besser! Aber sie können, jeder für sich, in einer Ecke liegen und dösen.

Meine Frau Manuela, in der Zeit wo sie noch halbtägig berufstätig war, dann ist am Morgen, nachdem Manuela sie zweimal gefüttert hat, bis zum Mittag erst einmal eine ausgiebige Siesta angesagt.

Eine Viertelstunde bevor sie kommt, werden beide munter und warten sehnsüchtig auf ihre „Dosenjongleurin".

Wenn sie dann zur Tür hereinkommt, wird sie erst einmal freudig begrüßt und Merlin, eine sehr kommunikative Katze, streicht ihr um ihre Beine, miaut und will ihr klarmachen, das es nun Zeit ist, für eine weitere, leckere Mahlzeit. In der Regel kommt dann diese auch!

So häufig wie die beiden ihren Geschmack ändern, so schwierig wird es für sie den jeweiligen Geschmack zu treffen. Ein recht schwieriges Unternehmen. Oft höre ich:

„Wenn ihr dies nicht mögt, dann legt einen Diättag ein!"

Manchmal hilft auch eine kleine Soße, um die beiden dazu zu bewegen, ihre Pötte leer zu essen.

Also Fisch können wir bedenkenlos und in aller Ruhe essen, aber in letzter Zeit haben sie festgestellt, dass ein schön gegrilltes Hähnchen auch nicht zu verachten ist.

Unser alter Kater Moritz war derart auf ein Hähnchen regelrecht fixiert, so das wir immer für ihn ein halbes Hähnchen mitbestellen mussten, was er dann mit Genuss vertilgte.

Heute begnügen sich die beiden mit ein paar kleinen Stücken von dem weißen Fleisch und sind dann zufrieden.

Was Moritz immer gerne tat, sich bei jedem Essen was wir einnahmen, zwischen uns zu setzen, immer in der Hoffnung, das für ihn etwas abfallen würde.

Auf diese Gedanken sind unsere beiden Katzen bisher, zum Glück, noch nicht gekommen!

Aber was sagte einmal Francesco Petrarca, dies allerdings schon im 14. Jahrhundert und dieser Satz klingt auch heute noch sehr modern, zu einem seiner Künstlerkollegen:

„Die Menschheit lässt sich grob in zwei Gruppen einteilen; In Katzenliebhaber und in vom Leben Benachteiligte"

Damit hat er nicht ganz Unrecht. Dieses schnurrende Etwas macht etwas mit deiner Persönlichkeit.

Man gewinnt eine gewisse innere Ruhe, schon allein durch die Anwesenheit jenes Wesen, dass in seiner Art einmalig ist. Es ist ein Geben und Nehmen.

Auf der einen Seite stehen Fürsorge, Mühe und Verantwortung, die auf der anderen Seite mit Treue und Liebe belohnt wird.

Ich glaube, dass dahinter noch mehr steckt, als nur eine innere Sicherheit und Stärke.

Dieser kleine „Seelenpartner" muntert mich immer wieder auf, wenn es mir einmal schlecht geht.

Er spürt dies auf eine geheimnisvolle Weise und allein seine Anwesenheit, seine Ruhe, sein Schnurren lässt dich alles andere vergessen.
Du blühst wieder auf und du fasst wieder neuen Mut, denn du hast ja jemanden an deiner Seite, der dich liebt und um den du dich kümmern muss.

Katzen muss man einfach mögen.

Manche sagen, Hunde sind Schlau, aber Katzen...?

Erich Kästner hat einmal dazu gesagt:

„Alle beide, also Katze und Hund sind reich an Talenten, doch der Hund hat ein Talent zu viel, er lässt sich dressieren, und er hat eine Tugend zu wenig: Er ist ein Tier ohne Geheimnisse."

Die Katze mag zwar eigenwillig sein, was auch ihr gutes Recht ist, aber dumm ist sie auf keinen Fall. So wissen unsere Katzen sehr genau, wann wir aufstehen müssen und für sie das erste Frühstück gibt.

Ihre „innere Uhr" geht sehr genau!

An einem Wochenende, wo wir mal etwas länger schlafen wollen, kommt zur „normalen Zeit der Katze", Balu zu uns ins Bett, legt sich zwischen uns, als wolle er sagen:

„He, ist es nicht Zeit für unser erstes Frühstück?"

Neben vielen leichten Berührungen und leichten Nasenstübern schafft er es uns zu wecken und Manuela muss dann raus, um der „Rasselbande" ihr Frühstück zu machen, was sie dankbar annehmen. Danach zieht man sich wieder zurück zu einem kleinen Schlaf.

Sie wissen auch ganz genau, wie sie es anstellen müssen, dass man ihnen auch einmal Zwischendurch ein Leckerlis reicht. Oder ihren Fressnapf wieder auffüllt, weil der Inhalt so lecker war.

So kommt es auch mal vor, dass sie eine Sorte ihres Futter regelrecht verschlingen und gar nicht genug davon bekommen können.

Aber in den nächsten Wochen diese Leckerei regelrecht verabscheuen.

Dies ist zum Beispiel eine der Eigenheiten einer Katze oder unseren beider Katzen.

Hunden kann man etwas beibringen, aber einer Katze?

Dabei gibt es unter allen Geschöpfen dieser Erde, nur eines, das sich keiner Versklavung unterwerfen lässt. Das eine ist die Katze.

Ein Ausspruch von Mark Twain, der mit dieser Aussage Recht hat.

Eine Katze kann viel, aber das tut sie nur, wenn sie Lust dazu verspürt. Wenn sie Lust und Laune haben, dann können unsere Katzen auch apportieren. Balu brachte immer gerne kleine Bällchen zurück, die man geworfen hatte, Merlin liebt es Gummis durch die Bude zu schleppen und sie auch zu bringen. Dabei „redet" er gerne ununterbrochen, während Balu dies schweigend macht. Aber nach zwei oder gar drei Würfen ist dann auch meistens Schluss und man widmet sich anderen Tätigkeiten.

Manchmal habe ich den Eindruck, dass die Katze austesten will, ob die Dienerschaft aufmerksam ist und auf ihre Bedürfnisse reagiert.

So hat jede Katze ihre Vorlieben und Eigenheiten, aber gerade dies ist ja das Schöne an der Katze, die mit einer Leichtigkeit und ohne Lärm zu machen durch das Leben geht, was uns Menschen leider oft nicht gelingt! Dabei strahlen die Katzen eine unglaubliche Ruhe aus, die sich natürlich auch auf uns Menschen überträgt. Katzen spüren sehr genau, wenn es einem nicht gut geht und so suchen sie die Nähe zu demjenigen auf, um ihn zu trösten oder einfach nur da zu sein.

Man muss sie daher einfach mögen, obwohl sie nicht so dressierbar sind wie Hunde. Aber auch Katzen kann man einiges beibringen, wenn man Zeit und Geduld aufbringt. Ich habe manchmal das Gefühl, das die Katze genau abwägt, ob diese Spielerei für sie nutzbar ist oder nicht!

In jüngeren Jahren brachte unser Balu uns ein Bällchen und forderte uns auf, dieses zu werfen. Dann jagte er diesem Ball hinterher und brachte uns diesen auch wieder zurück. Dies ging zu drei- bis vier Mal, dann war der Reiz verflogen. Was er auch noch konnte, waren Purzelbäume zu schlagen. Mal tat er es auf Wunsch, aber nur wenn er Lust dazu hatte.

Je älter er wurde, desto ruhiger wurde er. Nur noch ab und an bekommt er seine wilden fünf Minuten und dann rast er wie wild durch die Bude. Manchmal habe ich das Gefühl, das er es dem jungen Merlin zeigen will, schau genau hin, ich kann dies auch noch!

Seine Reflexe sollte man nicht unterschätzen, auch heute kann er noch blitzschnell zulangen! Merlin ist immer noch etwas ängstlich. Er zieht sich schnell zurück, wenn für ihn etwas Unbekanntes zukommt.

Sonst ist er, bei dem was er kennt, mehr als gelassen.

Staubsauger oder Kaffeeautomat haben es ihm angetan. Da kann er nicht abwarten, bis diese Geräte Geräusche machen. Da will er in die Geräte regelrecht hineinkriechen. Ansonsten ist er neugierig und muss jede Ecke, jeden Schrank untersuchen. Dabei spielt die Höhe für ihn keine Rolle.

Auch er geht mit einer Selbstsicherheit durch und über Gegenstände hinweg, die schlichtweg erstaunlich ist.

So war es eines Tages nicht mehr weit zu der Idee, für unsere Katzen einen sicheren Auslauf zu schaffen, da beide eigentlich reine Wohnungs- oder Hauskatzen sind.

Zunächst war dies nur eine Idee.

Aber diese Idee wurde auch bald notwendig sie umzusetzen, denn wenn der Besuch zu uns kam, war auch ein recht großer Hund mit von der Partie und der das „Katzenreich" aufmischte.

Schnell wurde Material in einem Baumarkt besorgt.

In den nächsten Tagen war ich damit beschäftigt die gesamten Balken und Bretter passend zum kleinen Gartenhaus zu streichen. In einem Schwedisch Rot.
Unsere Katzen schauten mir durch die Türe zu. Nur zu gerne hätten sie dies alles gerne aus der Nähe begutachtet. Aber es half alles Flehen und Betteln nichts, sie mussten vom Betreten der Baustelle Abstand nehmen. Nachdem alle Bretter und Balken trocken waren schnitt ich sie zu und legte sie für die Montage bereit.

An einem sehr sonnigen Wochentag, es war ein Montag, begannen wir beide damit die Grundpfosten und Bodenbretter zu setzen, dann wurde der obere Rand ebenfalls eingefasst.

In einem Bereich, wo ein alter, ehemaliger Treppenaufstieg noch lag wurde noch eine Tür eingearbeitet, um zu einem rückwärtigen Beet zu gelangen. An diesem Tag schafften wir es die gesamte Konstruktion zu montieren.
Für den nächsten Tag stand dann die Montage der feinen, grünen Drahtmatten an.
Erstaunlich war, dass unsere beiden Stubentiger, die ganze Zeit vor der Tür saßen, die später auch ihren Ausgang in ihr neues Reich werden sollte und uns beim werkeln zuschauten.

Was müssen die beiden sich gedacht haben, was wir dort „bauten"?

Wir hielten uns dran und schafften es tatsächlich an diesem Tag, unser Objekt abzuschließen.

Noch schnell wurde das neue „Gehege" gereinigt und wir konnten es „feierlich" unseren Katzen übergeben.

Ich setzte mich auf einen Stuhl in dem nun neu abgesteckten Bereich und schaute auf meine beiden Tiger, wie sie ihr neues Reich annehmen würden. Dabei stellte ich mir die Frage:

Wollen die beiden überhaupt nach draußen?

Sie waren ja beide reine Stubentiger und nun sollten sie nach draußen?

Ich war mehr als gespannt!

Zunächst noch etwas zögerlich, aber nachdem Balu einmal draußen war und sein neues Reich in Augenschein nahm, folgte auch Merlin ihm. Alles wurde genauestens von beiden inspiziert. Jede Ecke, ja jeder Meter musste für die Inspektion herhalten. Da gab es sogar zwei Stühle und einen Tisch. Den eroberte sich gleich schon einmal Merlin.

Dann saß er dort hoch aufgerichtet, als wollte er Balu andeuten, dass er jetzt der Größte war. Balu interessierte sich mehr für eine Ecke, die ihm Schatten bot, da es doch recht warm im Laufe des Tages geworden war.

Er legte sich hin und man merkte, wie seine Augen jeden Zentimeter seines neuen Reiches abwanderten. Ebenso Merlin, der es sich auf den kleinen Tisch gemütlich gemacht hatte.

Unser neues Reich!

Aber was war das?

Da gab es ja noch zwei Türen?

Wo führten die wohl hin?

Dies weckte ihre Neugierde doch gewaltig.

An ihren Gesichtern konnte man ersehen, dass sie gerne wissen wollten, was sich hinter diesen beiden Türen befand.

Ich stand auf, öffnete eine Türe und wie ein paar Windhunde waren beide im Gartenhaus verschwunden. Auch hier wurde alles inspiziert. Für Merlin gab es hier ganz tolle Verstecke.

Als Klettermaxe turnte er natürlich auf den obersten Regalböden herum. Das war für ihn eine so spannende Sache, dass er selbst eine Mahlzeit verpasste, was sonst nicht vorkam. Aber so viele neue, unbekannte Sachen waren dort zu entdecken.

Nachdem Balu sich mit einer Mahlzeit gestärkt hatte ging es stracks wieder ihn sein neues Reich hinein.

Dort machte es sich Balu auf einem Tisch, der in einer Ecke stand und für mich mein Puzzle-Tisch war, gemütlich, als wollte er sagen:

Das ist ein toller Platz für mich, hier kann ich alles genau beobachten, was um mich herum geschieht.

Merlin hatte in der Zwischenzeit sämtliche Regale durchforstet und gesichtet. Auch er hatte einen tollen Unterschlupf für sich gefunden.

Ich stand jetzt vor der Frage:

Wie bekommen ich die beiden Abenteurer wieder aus dem Gartenhaus heraus?

Meine Frau Manuela hatte da einen tollen Gedanken. Das Rappeln mit der Dose Leckerlis sorgte dafür, dass beide sofort angerannt kamen und sich diese Chance nicht entgehen ließen.

Ich konnte dann in aller Ruhe die Türen wieder zum Gartenhaus schließen.

Ich setzte mich in diesen Tagen gerne und oft dort in den „Käfig" hinein, um dort in Ruhe schreiben zu können. Unsere Katzen genossen dies auch immer sehr, mit mir gemeinsam draußen zu sein. Schnell hatte ich ihnen zahlreiche „Ruhestellen" geschaffen, so das ich in Ruhe schreiben konnte.

Aber sie liebten es aber auch, jetzt wenn sie Lust dazu hatten, sich wieder in den Wintergarten zurück zu ziehen, der ja bis dato ihr Reich war.

Vor allem, wenn der Besuch mit dem Hund kam, waren sie froh, wenn sie in ihrem neuen Auslauf entschwinden konnten. So herrschte eine scheinbare Ruhe, zwischen den beiden Tierarten!

Ich habe die Sommermonate dort draußen, gemeinsam mit den beiden Katzen, genossen.

Besonders Balu, der mir sehr zugetan ist, freute sich immer sehr, wenn er neben mir auf einem Stuhl liegen konnte.

Als würde er mir beim Schreiben zuschauen. Ab und zu noch eine kleine Streicheleinheit einfangen und für ihn war die Welt in Ordnung. Merlin nützte die Gelegenheit, um sich im Gartenhaus eine kühle Stelle zu suchen und dort seinen „Schönheitsschlaf" zu frönen.

Dazu passt ein Satz von Mary E. Wilkins Freeman:

Katzen lieben Menschen viel mehr als sie zugeben wollen, aber sie besitzen so viel Weisheit, dass sie dies für sich behalten!

Katzen fühlen sich zu ihren Menschen hingezogen, zeigen dies hier und da auch recht deutlich, bleiben aber trotz aller Zuneigung immer sehr eigenwillig.

Sie zeigen ihre Zuneigung immer dann, wenn sie es wollen und nicht, wenn wir es wollen!

Mit der Zeit lernt man dies und lässt sie einfach gewähren.

Wenn sie etwas von einem wollen, dann zeigen sie uns dies sehr deutlich.

Mittlerweile wissen wir genau, wann sie Hunger haben, wann sie ihre Streicheleinheiten haben wollen und wann man sie lieber in Ruhe lässt.

Manch einer denkt jetzt vielleicht, was sind das für komische Leute, die ihr Leben nach den Katzen ausgerichtet haben? Dies mag vielleicht stimmen, aber wir lieben halt Katzen und da hat Dr. Louis J. Camut nicht ganz Unrecht wenn er sagt;

Katzenliebhaber sind in dem Sinne anders, dass sie keine eingerosteten Typen sind.
Wie sollten sie auch, mit einer Katze, die ihr Leben bestimmt!

Bei uns müsste dies ja im doppelten Sinne zutreffen, da wir zwei Katzen haben, die unser Leben bestimmen. So hart würde ich dies nicht sagen, sondern eher, sie beeinflussen unser Leben eher positiv.

Wir freuen uns jeden Tag über unsere Mitbewohner, über ihre Zuneigung und ihre kleinen Streiche.

Als unser Balu mal draußen in seinem Auslauf unterwegs war, hörten wir ihn zum ersten Mal miauen, was er sonst überhaupt nicht tut.
Ich lief schnell nach draußen und sah, dass sich die Katze von unserem Nachbarn vor dem neuen Reich von Balu aufhielt, welches jetzt ihren bekannten Weg versperrte.

Hier schien sie eine sehr deutliche Ansprache von Balu zu erhalten.

Machte er ihr vielleicht deutlich, das dies jetzt sein Reich ist? Es hörte sich jedenfalls so an.

Auch eine weitere Katze, die bei uns umherschlich, bekam seine Ansage deutlich zu hören.

Für Balu ist dies ein herrliches Katzenkino, wenn er seinen Spatzen zuschauen kann, wie sie zu ihrer Vogelfutterastelle fliegen.

Die hatte er auch immer gern von seinem Katzenbaum im Wintergarten aus beobachtet.

Überhaupt ist Balu immer sehr wachsam, wenn sich etwas Fremdes in seinem Auslauf bewegt.

Mein Kletterbaum mit einer guten Aussicht in den Garten und auf`s Vogelhaus

Merlin ist noch jung und muss noch einiges lernen, was er aber mittlerweile schon in sich aufgenommen hat. Er hat sich sehr gut angepasst und ist sehr kommunikativ. Er sagt laut was er will. Balu sitzt eher ruhig da und weiß, dass wir schon wissen, was er möchte. Dies klappt ja auch meistens.

So hat jeder seine Eigenarten, aber deswegen lieben wir sie ja auch so sehr.

Merlin, der kleine Klettermaxe!

Wer es bisher verfolgt hat, habe ich vier Bücher über unsere Katzen geschrieben.

Das erste Buch war unserer Diva Jacey gewidmet, das zweite ihrer Freundin Rusty, mit der sie lange zusammen lebte. Dann folgte das Buch „Gamaschen Fynn", ein Kater, der ebenfalls sein Heim verloren hatte und eine Zeitlang „auf der Straße lebte" bis er bei uns einzog!

Er war schon ein alter Kater, der sich bei uns eingenistet hatte, nachdem er sein Heim verloren hatte. Als er das Zeitliche segnete holten wir uns einen alten, kleinen Kater, der Moritz hieß, zu uns und gaben ihm noch einmal ein schönes Heim, das er im Tierheim nicht mehr hatte. Er war so froh, bei uns ein neues Heim gefunden zu haben.

Balu hatte ihn noch auf seine letzten Tagen kennengelernt.

Alle waren so unterschiedlich wie ihre Farben, aber alle waren sehr liebevoll und uns zugetan.

Zwei haben es sogar geschafft von meiner Frau gemalt zu werden und es auf dem Cover der Bücher zu schaffen!

Balu wurde abgegeben weil man ein Kind erwartete und Merlin wuchs bei einer Züchterin auf Rügen auf. Jetzt leben sie nun schon vier und zwei Jahre bei und wir haben es bisher nicht bereut, sie zu uns genommen zu haben.

Einen besonderen Spaß haben beide, wenn wir einen Karton auspacken können. Da sind beide sofort dabei. Natürlich muss der erst einmal von den beiden abgenommen werden, als würden sie vom Zoll kommen. Wenn wir dann den Karton ausgepackt haben, dann müssen die Sachen begutachtet werden.

Es könnte ja für sie was dabei gewesen sein.
Wenn nicht, ist dies auch nicht so schlimm, dann nimmt man sich halt den Karton vor.
Balu, der Ältere, ist meist der Erste der den Karton in Beschlag nimmt.

Herr der Kartons

Zunächst wird im Karton aufgeräumt, das heißt : Das ein oder andere Verpackungsmaterial fliegt heraus und dann nimmt unser Balu den Karton in seinem Beschlag. Merlin kann da nur noch zuschauen. Aber wenn es dann irgendwann eine Mahlzeit gibt, dann sind beide nicht zu halten und nehmen gemeinsam ihre Mahlzeiten ein. Hier ist es erstaunlich das Merlin, der kleinere Kater, es immer schafft, an beide Fressschalen zu kommen und Balu immer ein dummes Gesicht macht, aber ihn gewähren lässt. Er muss dann halt immer von einer Schale zur anderen wandern. Während Merlin schnell fertig ist, nimmt sich Balu alle Zeit für seine Mahlzeit. Dies nutzt dann Merlin aus und sichert sich den neuen Karton.

Meist legt sich Balu nach einer Mahlzeit gerne etwas hin. Nun ganz selten will er dann spielen.

Aber es kann vorkommen, das er Merlin im Karton sieht und das darf dann nicht sein. Plötzlich springt er auf, rast zum Karton hin und man sieht nur noch, wie ein Merlin, laut miauend aus dem Karton springt und das Weite suchen muss.

Damit zeigt Balu ganz deutlich, wer hier Chef im Haus ist.

Ein Nickerchen ist auch hier möglich!

Wenn er das Interesse an dem Karton verloren hat, dann kann auch Merlin sich darin zu schaffen machen.

Wenn man Balu so sieht und seine Bewegungen, dann denkt man, dies muss schon ein sehr alter Kater sein, der schon sehr gebrechlich ist. Aber dies täuscht doch sehr. Er ist blitzschnell in seinen Bewegungen und seine Krallen sind schon kleine Waffen. Aber er denkt sich, warum soll ich mich hetzen, wenn es auch so geht. Sollte er aber gefordert werden, dann heißt es Vorsicht!

Dabei ist er, vor allem bei mir, immer sehr vorsichtig.

Er kann so zärtlich mit seiner Tatze über mein Gesicht fahren und man merkt es nicht einmal! Selbst wenn er über meinen Körper läuft spürt man seine kräftigen Krallen nicht. Da zeigt er ganz viel Feingefühl.

Ich kann mir gut vorstellen, dass er ein sehr guter Mausjäger ist.

Er hat Geduld, er ist blitzschnell und seine Tatze ist mit scharfen Krallen bestückt, die man nicht auf seiner Haut spüren möchte.

Mittlerweile ist es so, dass Balu mehr bei mir liegt, wenn ich am PC arbeite und Merlin bei meiner Frau, wenn sie malt oder bastelt.

Ja, ich muss wissen, was er da so schreibt!

So hat jeder seinen Platz gefunden, der auch von dem anderen respektiert wird.

Ansonsten sind beide sehr verträglich im Umgang miteinander. Nur ab und zu müssen wir mal ein Machtwort sprechen, wenn Merlin versucht zu viel Nähe zu Balu aufbauen will.
Dann kann Balu ärgerlich werden und dann fliegen die „weißen Flocken" von Merlin durch die Luft. Vermutlich hat sich Balu Luft verschafft und Merlin die Meinung gesagt, das er ein zu viel an Nähe er zur Zeit nicht haben möchte. Er will dann einfach seine Ruhe haben!

Punkt aus!

Das versteht Merlin noch nicht so ganz, dass jemand auch mal seine Ruhe haben möchte. So ist das halt, wenn einer Nähe sucht und an den Falschen gerät.

Daher sucht Merlin gerne die Nähe von Manuela auf, wenn sie Nachmittags, nach ihrer zum Teil sehr anstrengenden Arbeit mit psychisch kranken Menschen in einer Tageseinrichtung, vor dem Fernseher sitzt und meist strikt.

Aber auch Balu ist in der Regel mit von der Partie. Dann liegen beide neben ihr und schlafen. Man kann auch sagen, dass beide Kater, ob groß oder klein, rechte Schmuse-Tiger sind.

So kann man herrlich chillen!

Meine Kuschelecke!

Nur im Sommer gibt es dann eine kleine Änderung, dann geht es hinaus in den Garten. Bis zum Herbst des letzten Jahres konnten sie ja nicht mit raus. Das ist jetzt durch den neu geschaffenen Auslauf anders geworden. Jetzt können beide fast bei jedem Wetter mal rausgehen. So lernen sie auch einige markante Wetterunbilden kennen.

Zum Beispiel einen Starkregen, oder Schneefall oder auch nur einen starken, böigen Wind.

Aber bei solchen Wettern ist ihr Bedürfnis nach draußen zu gehen nicht besonders stark ausgeprägt.

Balu ist ganz gerne draußen, besonders wenn sein Diener dort in diesem Bereich etwas repariert, etwas baut oder etwas streicht. Oder wenn ich auch nur an meinem kleinen Tisch sitze und Zeilen zu einer neuen Geschichte zu Papier bringen versuche. Da darf Katze hier nicht fehlen!
Merlin kommt zwar auch nach draußen, aber er geht auch wieder gern zurück in den sicheren Wintergarten.
In diesem Winter haben wir es beiden ermöglicht, auch mal Schnee kennenzulernen. Ein Phänomen das sie noch nicht kannten. Zuerst ungläubiges Warten an der Türe, dann ging Balu mutig voran.

Aber das wurde nur ein sehr kurzer Lauf.

Schnell kam er wieder zurück, schüttelte sich mit jeden Bein und lief direkt ins Badezimmer, wo wir eine Fußbodenheizung haben. Jetzt soll mal einer sagen, dass Katzen nicht lernfähig sind!

Merlin blieb nur ganz kurz draußen, machte ein paar Schritte und hatte auch scheinbar gemerkt, das dieses weiße Zeug, doch recht kalt ist. Auch er war wieder sehr schnell ins Warme geflüchtet.

Bei einem solchen Wetter schickt man ja keinen vor die Tür!

Als die ersten warmen Tage kamen, saßen beide artig vor der Türe, als wollten sie uns sagen:

„Schau, da draußen scheint die Sonne, es ist warm und wir möchten gerne beide raus."

Ohne viele Worte wussten wir was sie wollten. Also Türe auf und beide entschwanden in ihr neues Reich. Merlin hatte seinen Spaß, besonders wenn es windig war, wenn sich die Blätter bewegten, wenn die ersten Bienen und Käfer unterwegs waren.

Balu hat in einer Hecke ausgemacht, wo ein Vogelpärchen damit beschäftigt war, sich ein Nest zu bauen für ihre spätere Brut. Jetzt musste Balu jeden Tag raus und er sitzt dort eine Zeitlang still und ruhig vor der Hecke und schaut dem Treiben dort in der Hecke fasziniert zu.

Ich glaube die Idee zu einem Freilauf war nicht schlecht für unsere Stubentiger.

So haben wir mit einer einfachen Idee für unsere beiden Katzen neue Möglichkeiten geschaffen, ihre Umwelt noch besser kennenzulernen.

Wie auch die Idee unseren beiden Katzen einen meterlangen Tunnel aus Kartonbehältern zu bauen. Dieser diente, vor allem Merlin dazu, an dem Hund vorbeizulaufen, wenn er den Weg vom Wintergarten in die Küche versperrte.

Später haben ihn dann um eine weitere Etage erweitert.

So konnte Merlin Balu ausweichen, wenn er mal seine dollen fünf Minuten hatte und durch den Tunnel raste, während Merlin sich oberhalb in Sicherheit bringen konnte.

Merlin nutzte diesen Aufbau auch gerne, damit er sich auf eine Höhe bringen konnte, wo man, wenn man vorbei ging, noch schnell ein paar Streicheleinheiten einsacken konnte.

Jetzt hat er langsam ausgedient und wir müssen uns etwas Neues ausdenken, um unseren Katzen ein neues Spielfeld zu bieten.

Vielleicht einen Kartonbau mit verschiedenen Ebnen, wo jeder seinen Platz finden kann. Die Frage ist nur, wie viel Platz können wir noch freischaufeln können, für eine solche „Anlage"?

Mal sehen was uns dazu einfällt.

Aber lassen wir doch mal unsere Katzen zu Wort kommen, wie sie den Einzug bei uns erlebten.

Zunächst einmal Balu:

Nun, was soll ich euch da erzählen?

Alles fing damit an, als sich meine alte Dienerschaft, ein junges Pärchen, Gedanken machte, um Nachwuchs zu zeugen oder hatten dies schon getan.

Der Gedankengang war so, das eine Katze und ein Baby nicht zusammen passte.

Jetzt muss man wissen, dass der männliche Teil meiner Dienerschaft mich gerne „zackte", oder besser gesagt, mich als „Kampfpartner" sah. Obwohl ich ein ruhiger Vertreter meiner Rasse bin, musste ich mich zur Wehr setzen, was dann oft immer sehr wild aussah. So hatte natürlich der weibliche Teil der Dienerschaft Angst um das kleine Bündel, was man Baby nannte. Besonders dann, wenn ich mit meinem männlichen Diener, umher tollte. Da ging auch mal schon etwas im Eifer des Gefechtes zu Bruch. Also wurde beschlossen, das ich außer Haus musste.

Die Frage war nur:

Wer nimmt einen so „wilden" Kater?

Sehe ich denn so wild aus?

In der näheren Verwandtschaft hatte keiner ein Interesse an mir.

Auch die Frage nach der Abgabe in ein Tierheim stand zur Diskussion.

Aber das wollte man nicht unbedingt machen.

Über eine Bekannte wurde ein neuer Kontakt zu jenen hergestellt, die Katzen lieben und einen alten Kater aus einem Tierheim hatten. Man wollte dort mal nachfragen ob sie bereit wären, mich aufzunehmen?

Zunächst wurden einige Fotos von mir gemacht, die wurden, so wie ich es verstanden habe, per Telefon verschickt?

Ein paar Tage später wurden ein paar Sachen von mir zusammengepackt, ich wurde in meinem Transportkorb gepackt.

Dann ging es ab ins Auto und wir machten eine längere Fahrt.

Die ganze Zeit dachte ich nach, wo ich denn nun landen würde.

In einem Tierheim, wo allerlei Getier untergebracht wird, die keiner mehr haben will oder bekomme ich eine neue Dienerschaft?

Mein Blick fiel aus der Fensterscheibe des Autos, wo ich nur noch sah, wie Bäume, Schilder an mir vorbei rauschten.
Meine Dienerschaft saß sehr schweigend auf den Vordersitzen.
Nach einer ganzen Weile wurden wir plötzlich langsamer und dann hielten wir an.

Ich hörte noch, wie die beiden sagten:

Ich glaube hier sind wir richtig. Sie stiegen dann aus und klingelten an der Haustüre. Ich blieb noch im Wagen in meiner Box sitzen.

Was geschah jetzt?

Zunächst erst einmal nichts!

Ich fasste mich in Geduld.

Dann tat sich etwas. Ich regte mich und schaute durch das Blickgitter meiner Box.
Eine Tür ging auf und meine alte Dienerschaft holte mich aus dem Auto, ebenso die wenigen persönlichen Sachen von mir, die im Kofferraum lagen.

Dann ging es hinein in mein neues Heim? Oder war dies schon das Tierheim? Ich verhielt mich erst einmal still und schaute gebannt durch das Blickgitter hinaus.

Sie stellten mich ab, stellten mich vor und meine neue Dienerschaft (?) begrüßte mich recht herzlich.

Komisch, in diesem Moment blieb ich ganz ruhig. Wieso eigentlich? Ich hätte mich auch gebärden können wie ein wilder Stier.

Aber ich blieb ruhig. Wer weiß warum?

Während ich so noch in meiner Box sitzen bleiben musste, nahmen die „Herrschaften" Platz an einer gedeckten Tafel und unterhielten sich über mich.

Ich spitzte meine Ohren!

Was wurde da nicht alles über mich erzählt? Mit der Zeit wurde ich immer hellhöriger. Es war schon erstaunlich, wie ich von meiner alten Dienerschaft in den höchsten Tönen gelobt wurde. Dabei waren sie es doch, die Bedenken hatten, nur weil ein Baby unterwegs war und ich ihnen angeblich zu wild war.

Verkehrte Welt!

Zum Glück wurde ich abgelenkt durch einen Artgenossen, der doch schon etwas betagt war und scheinbar auch hier lebte.

Wir nahmen kurz einmal Kontakt auf und dann wurde er gerufen. Moritz hieß er.

Er begrüßte seine Leute und kurz auch die Gäste, dann zog er sich zurück auf seinen Kratzbaum, um das Geschehen besser beobachten zu können.

In der nächsten Zeit passierte nicht viel. Sie ließen sich den Kaffee und Kuchen schmecken und redeten ununterbrochen.

Bloß einer war nicht ganz so bei der Sache und da er auf dem richtigen Platz saß, konnte er Blickkontakt mit mir aufnehmen. Ich glaube, es war Liebe auf dem ersten Blick.

Gibt es so etwas?

Dennoch fiel mir auf, dass er zum Gehen immer eine Stütze zur Hilfe nahm. Es war mir so, dass er durch eine Behinderung nicht mehr so richtig gehen konnte, wie die anderen.

Aber er hatte eine ruhige Stimme und war ganz anders als mein alter Diener.

Irgendwie liebevoller.

In den nächsten Stunden durfte ich meine Box verlassen und ich hörte die Worte:

Balu, dies ist dein neues Zuhause!

Balu, hier hast du auch einen neuen Freund.

Balu, schau mal hier, schau mal da und so weiter.

Mir rauchte ganz schön der Kopf. Als mein neuer Diener sagte:

„Lass ihn erst einmal ankommen und sein neues Reich in Augenschein nehmen, denn für ihn ist es ja ein völlig neuer Lebensabschnitt, den er verkraften muss."

Alle nahmen wieder Platz an der Tafel und Moritz führte mich überall herum.

Moritz war schon ein sehr alter Kater, der lieber seine Ruhe hatte, als mit mir durch die Bude zu tollen.

Aber seine Ansagen halfen mir, mich recht schnell einzuleben und so lebten wir beide einträchtig hier zusammen.

Meine Dienerschaft war bzw. ist sehr, sehr nett und geht auch auf meine Wünsche ein. Zu meinem neuen Diener habe ich ein Verhältnis aufgebaut, was auf gegenseitigen Respekt aufgebaut ist. Vorbei sind die wilden „Tobereien" mit meinem alten Diener, jetzt gibt es viele Streichel - und Kuscheleinheiten.

Also ganz anders als vorher, was aber meinem Naturell wesentlich näher kommt.

Ich wurde sehr gut aufgenommen und fühle mich hier „sauwohl", um einmal in der Tiersprache zu bleiben.

Leider wurde Moritz krank und erhielt natürlich von allen alle Aufmerksamkeit. Auch ich war traurig, dass er so krank war und wir jederzeit mit seinem Ende rechnen mussten.
Dies ging über Wochen so. An einem Tag war er wie aufgedreht, als sollte sich alles zum Besten wenden.

Aber dies war nur noch ein kurzes Aufbäumen. Am anderen Tag in den Vormittagsstunden schloss er seine Augen für immer und ich war nun auch alleine – ohne meinem väterlichen Freund, der mir noch einiges beigebracht hatte, wofür ich ihm sehr dankbar bin.

Die nächsten Tagen waren irgendwie leer, mein alter Freund fehlte mir doch sehr.

Obwohl ich von allen Seiten getröstet wurde, blieb ich traurig.

Nach einiger Zeit hatte ich den Verlust von meinem alten Freund überwunden und war nun der „King" im Hause. Meine Dienerschaft tat alles, um mich zufrieden zu stellen.

Was soll ich sagen?

Ich bin sehr zufrieden mit meiner Dienerschaft und liebe es, abends zwischen ihnen auf der Couch zu liegen und mich verwöhnen zu lassen.

Aber auch sonst habe ich alle Freiheiten. Ich kann mit meinem Diener Musik hören, wenn er schreibt.

Oder wenn er sich mal Mittags auf`s Ohr legen will, bin ich dabei und wir beide schlafen dann eine Runde gemeinsam.

Ich habe einen geregelten Tagesablauf, meine Mahlzeiten kommen immer pünktlich, ab und zu gibt es auch mal Spielrunden, aber das muss nicht immer sein.

Ich habe ja auch nicht immer Lust dazu.

So hatte ich zwei Jahre lang ein sehr ruhiges und angenehmes Leben mit meinen neuen Dienern verbringen können, bis eines Tages es eine gravierende Änderung gab.

Ich bekam zwar ein paar Gesprächsfetzen mit, konnte sie aber noch nicht so recht zuordnen, um was es hier eigentlich ging.

Sollte es wieder eine Veränderung für mich geben?

Oder?

Zunächst blieb alles im Trüben.

Eines Tages kam ein Besuch zu uns aus Rügen. Jetzt fragt mich bitte nicht, wo das liegt. Muss wohl irgendwo im Osten des Landes liegen.

Auf jeden Fall hatte der Besuch eine Transportbox mit, so eine wie ich sie habe, nur etwas vornehmer gestaltet.

Und was saß dort drin?

Ein kleines, weißes, schmächtiges Knäuel, was ängstlich aus dem Blickgitter schaute.

Er sollte auf dem Namen Merlin hören und sei eine Britische Kurzhaarkatze Beinamen „Silver Shadow".

Was das heißen sollte?

Ich kann es euch nicht sagen.

Für mich war er weiß, mit einer kleinen dunklen Zeichnung auf dem Rücken und auf dem Schwanz.

Auffällig waren seine hellblauen Augen, wobei ich das Gefühl hatte, dass er leicht schielte.

Sollte dies mein neuer Mitbewohner sein? Dies hörte ich jedenfalls aus den Gesprächen heraus.

Als die Dame, die mit ihm hier zu Besuch war und ihn nicht mehr mit zurücknahm, war mir klar, er bleibt bei uns.!

Was sollte dies für mich bedeuten?

War ich nicht mehr die Nummer eins bei meiner Dienerschaft?

Muss ich nun alles teilen?

Ich habe doch keine Lust meine Privilegien aufzugeben und mich als „Kindermädchen" zu betätigen.

Was ist, wenn er mir den Rang abläuft?

Wenn ich so Sätze höre wie:

Ach, ist der süß. Ach, ist der „knuffig", oder ist der aber lieb!

Da muss ich mir doch die Frage stellen, wie soll das werden mit uns beiden?

Ich zog mich erst einmal in eine Ecke zurück, um über die neue Situation nachzudenken.

Merlin schien mit zahlreichen Artgenossen zusammen gelebt zu haben und versuchte vorsichtig in meine Nähe zu kommen, was ich aber nur kurz mit einem Fauchen ablehnte. Ich wollte einfach nur meine Ruhe haben.

In der Zwischenzeit hängte sich Merlin mehr an meine Dienerin und suchte ihre Nähe, weil er dies ja kannte, von der Dame, die ihn zu uns brachte.

Die nächsten Tage waren ein vorsichtiges Abtasten zwischen uns.

Mit der Zeit verstanden wir uns immer besser und heute sind wir oft ein Herz und eine Seele.

Gut es gibt auch schon mal kleine Reibereien zwischen uns, wo ich ihm mal wieder zeigen muss, wer hier der Boss im Hause ist, da ich ja der Ältere und der Stärkere bin.

Moment einmal, warf Merlin hier ein und sagte:

Bisher warst du der Ältere, was du auch bleiben wirst, aber das mit der Stärke, dass ändert sich bald, wenn ich mit meinem Wachstum abgeschlossen habe.

„Was für ein Optimist?"

Mein lieber Merlin, dass wollen wir mal sehen, wenn es soweit ist. Erzähl uns lieber, wie es bei dir war, als du hier hingekommen bist.

Nun, ich bin auf Rügen geboren und habe dort mit einigen Geschwistern meine erste Zeit verbracht.

Aber nach und nach verschwand einer nach dem anderen. Zum Schluss waren nur zwei übrig. Einer davon war ich. Manche, die uns besuchen kamen und sich eine Katze zulegen wollten, übersahen mich meist, da ich klein, schmächtig und einen leicht schielenden Blick hatte. Dieses Merkmal gehört nicht zu einer Edelkatze!

So blieb ich halt zurück.

Über irgendeinen Kontakt gab es ein Gespräch mit meinen späteren Leuten oder besser gesagt, meiner zukünftigen Dienerschaft.

Zahlreiche Bilder wurden von mir hin und her geschickt. Dafür musste ich mich in allen Positionen ablichten lassen, was schon ganz schön stressig war. Was wurde da nicht alles von mir verlangt.

Mach ein hübsches Gesicht, stell dich mal gerade hin. Nein nicht so! Ich sage euch: ein Katzenmodell möchte ich nicht werden!

Schon nach einigen Tagen wurde man sich scheinbar handelseinig und man hatte für mich eine neue Heimstatt gefunden.

Was geschah dann?

Ja, und was geschah dann?

Ein paar Tage später wurde ich in eine Box gepackt und man stellte mich in einem fahrbaren Gerät ab.

Du meinst ein Auto?

Ja, das kann sein.

Jedenfalls ging es über gefühlte Stunden des Weges. Ich versuchte zu schlafen, was aber bei der Fahrweise fast kaum möglich war. Immer wieder ging ein Ruckeln, ein hartes Bremsen und dann eine starke Beschleunigung durch den Wagen. So war an einem Schlaf nicht zu denken.

Ich hatte Zeit mir Gedanken zu machen, wo mich nun mein Weg hinführt.
Ich habe zwar mitbekommen, dass die Dienerschaft in meinem neuen Heim eine gewisse Erfahrung mit Katzen haben sollen, aber auch das dort schon ein weiterer Mitbewohner lebt.

Aber was sollte ich machen? Ändern konnte ich das nicht mehr. Ich musste mich dem fügen, was mich dort erwartete. Je länger wir fuhren, desto aufgeregter und unruhiger wurde ich.

Immer wieder fragte ich mich:

Wo komme ich wohl hin?

Zwar hatte meine Züchterin mir immer wieder versichert, das meine neue Bleibe schon das Richtige für mich sein werde. Deshalb fuhr sie ja mit, um zu sehen wo ich denn mein neues Zuhause bekomme. Wenn dies nicht gepasst hätte, wäre ich auch wieder mit ihr zurück gefahren.

So hieß es für mich also erst einmal abwarten.

Nach weiteren gefühlten, unendlichen Stunden schienen wir da zu sein.

Wir wurden freundlich empfangen. Zunächst stand ich mit meiner Box in einem Wintergarten, so nannte man den Raum, wo es auch gleich einen Kaffee und einen Kuchen für meine Begleiterin gab.

Und ich?

Nach einer kurzen Zeit der Ruhe wurde die Box geöffnet und ich durfte heraustreten. Vor mir stand eine erste Mahlzeit und ein Napf mit Wasser. Ich hatte vielleicht einen Kohldampf, aber ich traute mich noch nicht so recht.

Da war doch die Rede von einer anderen, älteren Katze.

Aber wo war die?

Man hatte ihn zu meiner Ankunft in einem Zimmer festgesetzt, so das ich mich ohne Angst einmal umschauen konnte.

So verliefen die ersten Stunden in meinem neuen Heim recht entspannt. Meine neuen Diener zeigten mir einen möglichen Schlafplatz auf einem sehr schönen Kratzbaum. Hier gab es verschiedene Mulden und kleine Höhlen, wo man sich zurückziehen konnte.

Mein neuer Kratzbaum!

Auch mein Katzenklo wurde mir gezeigt. Das war schon toll, ein eigenes Klo zu haben! Auf Rügen gab es nur ein großes Klo für uns alle!

Alles schien für mich vorbereitet zu sein. Im Stillen dachte ich, hier könnte ich mich wohlfühlen. Aber wo war nun die andere Katze?

Nach einer gewissen Zeit erbarmte man sich und holte den eigentlichen Hausherr aus seinem Zimmer.

Als ich ihn zum ersten Mal sah, entglitt mir ein „Oh" und zog mich erst einmal schnell in meine Box zurück.

Aber zunächst ging er zu seinen Leuten und holte sich dort seine Streicheleinheiten ab, dann begrüßte er auch die Züchterin, die mit mir in das neue Hein hinein gegangen war.

Dann entdeckte er mich!

Ich zog mich ängstlich noch weiter in meine Box zurück.

Ich sah einen großen, grauen und sehr kräftigen Kater auf mich zukommen. Er war fast doppelt so groß wie ich.

Aber er kam nur sehr langsam auf ich zu, beschnupperte meine Box sehr ausgiebig, dann warf er einen Blick auf die halbe Portion, die da in der hintersten Ecke der Box zusammengekauert lag.

Ein kurzer Blick, dann drehte er sich ab, als wolle er sagen:

Was will denn die halbe Portion hier bei mir? Er trollte sich wieder in Richtung der Kaffeetafel, legte sich dort hin, vermutlich in der Hoffnung, dass etwas für ihn abfallen konnte.

Wir belauerten uns aus der Ferne.

Mit der Zeit wurde ich mutiger und wagte mich Schritt für Schritt zum Ausgang meiner Box. Irgendwie schien er mich zu akzeptieren.

Nach zwei weiteren Stunden wurde meiner Züchterin alles gezeigt, was man für den Neuankömmling, also für mich, alles angeschafft hatte. Ich folgte meiner Züchterin auf Schritt und Tritt, was ich ja auch schon daheim gemacht habe. Meine neue Dienerin war auch sehr nett und nach dem Abendessen war der Bann gebrochen.

Sie war jetzt zuständig für mich!

Auch mein Diener, der eng mit der anderen Katze verbunden war, ließ mich noch in Ruhe, so das ich hier in aller Ruhe ankommen konnte.

Auch mein großer Bruder akzeptierte mich, bloß wenn ich allzu viel Nähe von ihm wollte, dann konnte er handgreiflich werden, was bei mir einen erheblichen Verlust meines Fells bedeutete und wenn dann ein scharfer Ruf, mit einem lauten „Balu" von meinem neuen Diener erfolgte, ließ er dann sofort von mir ab.

Bei meiner Dienerin lief dies anders ab, sie rief zwar auch laut seinen Namen, aber darauf hörte er nicht sofort, so da sie ihm einen kräftigen Stubser auf sein Hinterteil geben musste, dass er von mir abließ.

Was mir aufgefallen ist, dass er beide liebte. Mit der Dienerin ging er etwas grober um, als mit dem Diener. Da konnte er ganz zärtlich sein.

Er ist auch der einzige, der bei ihm hergehen konnte und wo sich beide mit der Stirn berührten.

Mittlerweile bin ich auch größer geworden und wir haben uns zusammengefunden.

Nun liegen wir abends gemeinsam mit unserer Dienerschaft auf der Couch, genießen beide unsere vielen Streicheleinheiten.

Tagsüber schlafen wir gemeinsam im Wintergarten oder wie schon berichtet, zieht es uns in unserem Auslauf, wo es immer wieder etwas Neues zu entdecken gibt.
Besonders wenn unser Diener ebenfalls dort draußen ist und etwas bastelt, streicht oder einfach etwas schreibt. Vielleicht sogar etwas über uns. Dann sind wir immer und sofort dabei.

Auch ich habe mich sehr gut eingelebt hier und bin froh, es so gut hier angetroffen zu haben.

Ich kann mich nicht beklagen, alle lieben mich und wir beide, was ich mit Recht behaupten kann, lieben unsere Dienerschaft! Mit der Zeit bin ich immer mutiger geworden, habe meine Ängstlichkeit verloren und suche immer häufiger den engen Kontakt zu meiner Dienerschaft!

Ja, dass war mal die Aussage von Merlin, wie er seine Ankunft bei uns gesehen hat.

Ich kann sagen, dass er mit der Zeit seine Ängstlichkeit verloren hat, seine Neugier stärker wird und er auch jede Maschine, die es in unserem Haushalt gibt, nicht mehr davor wegläuft, sondern sie lieber in allen Einzelheiten kennen möchte. So wartet er immer darauf, dass meine Dienerin den Kaffeeautomat anwirft, dann steht er neben ihr und schaut fasziniert zu, was dort geschieht.

Balu, als alter Hase, den regt dies nicht mehr auf, obwohl er gerne überall dabei ist, wo wir auch sind. Wenn wir beide im Bad sind, wer darf da nicht fehlen? Balu! Oder wenn wir draußen sind und die Abendsonne genießen wollen, dann will Balu bei uns sein.

Das war auch der Grund, warum wir hergegangen sind und haben im letzten Jahr den „Katzenauslauf" gebaut. So können wir alle den Sonnenuntergang draußen genießen!

Jetzt möchte auch ich wieder einmal zu Wort kommen.

Die beiden haben nun genug aus dem Nähkästchen geplaudert und möchte ich über eine Begebenheit sprechen, die nicht ganz ungefährlich war.

Wir hatten gerade im Frühjahr des letzten Jahres den Auslauf für unsere Katzen fertiggestellt und genossen die ersten Sonnenstrahlen gemeinsam mit unseren Katzen oder muss ich doch „Katzen*innen" schreiben, um mich einer „Gender" gerechten Sprache zu befleißigen? Aber ich bleibe lieber bei dem Begriff „Katzen", da ja beide männlichen Geschlechts sind und eine andere, diverse Form konnten wir bisher noch nicht feststellen.

Aber nun weiter. Wir saßen also draußen und tranken einen Kaffee, als wir durch ein ständiges Summen aufgeschreckt wurden. Wir trauten unseren Augen nicht.

Was war das?

Zahlreiche Wespen flogen an einer Abschlusskante des Wintergarten in ein Loch hinein und kamen auch dort wieder heraus.

Das Treiben vor dem Loch wurde immer wilder und wir suchten unser Heil in einer Flucht nach drinnen.

Damit war auch unsere Kaffeetafel nicht mehr vor denen sicher.

Auch unsere Katzen folgten uns.

Nur Merlin schaute ihnen noch eine Weile nach.

Sah er hier eine Nahrungsquelle, die er noch nicht kannte?

Spinnen und Fliegen jagt er mit Vorliebe und er bekommt sie auch! So haben wir vor diesen Plagegeister eine gewisse Ruhe.

Aber vor diesen Wespen sollte er eine gewisse Vorsicht walten lassen. Denn ein Stich kann auch für eine Katze sehr schmerzhaft sein.

Das Treiben vor dem Loch wurde immer intensiver und wir mussten schon sehr vorsichtig sein, wenn wir durch den Ausgang zu unserem Gartenhaus gelangen wollten.

Deshalb verlagerten wir unseren Sonnenplatz in einem anderen Bereich unseres Garten.

Unsere Katzen gingen zwar hinaus in ihrem Auslauf, aber nur für eine kurze Zeit, wenn die Aktivität der Wespen nachließ.
Nach zwei oder drei Wochen stellten wir fest, dass wir auf einmal immer wieder eine Wespe im Wintergarten hatten, meist am Morgen, wenn wir beim Frühstück saßen und durch ein aufdringliches und tiefes Brummen aufgeschreckt wurden.
An einem der Fenster des Wintergartens sah meine Frau ein oder auch zwei dieser Tiere, wie sie versuchten ins Licht zu kommen, was ihnen aber durch die Glasscheibe verwehrt blieb.

Meist hatte Merlin sie schon entdeckt und versuchte sie zu schnappen, auch wenn es dabei über Tisch und Dekoration ging. Aber dieser kleine „Floh" ging dabei recht geschickt vor.

Die ein oder andere Wespe, die sich hier verirrte, musste ihren Leichtsinn oft mit dem Leben bezahlen!

Mit jeden Tag schien es aber mehr zu werden.

Meine liebe Frau ging dann her, tierlieb wie sie ist, holte sie sich ein Glas mit einer kleinen Pappe und versuchte sie einzufangen, was dann auch nach einigen Versuchen gelang. Dann wurden sie nach draußen in die Freiheit gebracht.

Beiläufig sagte ich noch zu meiner Frau, da die Anzahl dieser Wespen immer mehr wurden:

„Schatz, vermutlich bringt es nicht sehr viel, wenn du sie vom Wintergarten in die Freiheit nach draußen entlässt, denn ich habe das dumpfe Gefühl, dass die wieder über das Loch hereinkommen, um dann wieder in den Wintergarten zu landen, wo du sie wieder in die Freiheit entlässt.

Also ein Kreislauf ohne ein sichtbares Ende!

Merlin hatte seinen Spaß.

Balu blickte mal mit einem Auge dorthin, wo eine Wespe versuchte, durch die Scheibe nach draußen zu gelangen. Solange sie ihn nicht störte oder gar ärgerte ließ er sie gewähren. Kam sie ihm aber zu nahe, dann sah man eine blitzschnelle Bewegung von ihm und die Wespe haute ihr Leben aus.

Auch wenn er so gemütlich aussah und sich wie der Bär im Dschungelbuch bewegte, er konnte blitzschnell sein.
Auch Merlin machte schon des öfteren mit seiner Schnelligkeit Bekanntschaft, vor allem dann, wenn er übermütig wurde und Balu zum Spielen animieren wollte.

Aber was sollten wir machen, einen Kammerjäger bemühen und uns von der Plage befreien, oder doch lieber abwarten und dies durch die Natur regeln lassen. Wir entschieden uns für die zweite Lösung.

In diesem Zusammenhang fiel mir eine Geschichte ein, die das Leben der Wespen einmal aus einem anderen Blickwinkel betrachtet.

Ich habe die Geschichte:

„Die Wespe Johann" genannt.

Die Wespe Johann war mit seiner Königin unterwegs. Es war eine tolle Zeit. Ein traumhafter Sommer, ein tolles, geschütztes Nest und man war jeden Tag unterwegs. Selbst der Herbst bot uns noch zahlreiche Sonnentage an. Aber die Nächte wurden schon ganz schön kühl. Da war es wichtig immer rechtzeitig ins Nest wieder zurückzukommen.

Johann war einer, der seine Umgebung immer sehr sorgfältig inspizierte. So fand er heraus, dass über einen kleinen Spalt an einer Seitenwand, dort wo das Nest angebaut war, es einen Weg gab, der einem in einen Raum führte, mit einer langen Reihe von Fenster.

Aber hier gab es kaum eine Möglichkeit nach draußen zu kommen. Gleichzeitig war dieser Raum immer recht warm, fast wie im Paradies. Also nahm er das Risiko auf sich und erkundete diesen Spalt und den Raum der dahinter lag.

Einige Kameraden folgten ihm.

Allerdings war in diesem Raum auch ein weißes und ein graues Tier zu sehen. Sie schienen dort zu wohnen, so sah es zumindest aus. Sein Kamerad, der Paul, wurde etwas übermütig und flog zu dem weißen Tier hin. Das hätte er mal nicht tun sollen. Wie von einer Tarantel gestochen, sprang dieses weiße Tier auf und bekam Paul zwischen ihren Krallen und damit hauchte Paul sein Leben aus. Das etwas größere graue Tier schaute sich die ganz Sache etwas gelangweilt an. Für uns bedeutete dies Vorsicht! Mit mir war auch noch Klaus unterwegs, auch er bekam die Schnelligkeit des weißen Tieres zu spüren.
Aber er hatte noch einmal sehr viel Glück. Außer ein paar Narben auf dem Rücken kam er unverletzt davon. Er suche sich einen Platz im oberen Bereich der Fenster aus und leckte seine Wunden.

Dann kam jemand in den Raum rein, sah uns und ehe wir uns versahen, waren in einem Behältnis untergebracht und dann ging es für uns wieder hinaus in die Kühle. Brrr...., war das frisch. Im Gegensatz zu jenem Raum. Mit Mühe fanden wir den Weg wieder zurück zu unserem Nest. Dort angekommen ruhten wir uns erst einmal aus. Doch schon am nächsten Tag brachen wir beide wieder auf. Zwängten uns durch den Spalt und nach einem kurzen Weg im Dunkel sahen wir das Licht, was aus dem Raum kam. Wir überschlugen uns fast, um in den Raum hinein zu kommen. Dort angekommen ging unser Blick durch den Raum. Die beiden Ungeheuer schienen zu schlafen.

So konnten wir ungestört den Raum weiter erkunden. Auf einem Tisch entdeckten wir einen leckeren Rest von einer Erdbeermarmelade. Klaus entdeckte bei seinem Rundflug Reste von Fleisch, die vermutlich den beiden Ungeheuern gehörten.

Aber das war Klaus egal, er machte sich darüber her. Ich hörte nur noch ein lautes hmmmh... von ihm. Ich hielt mich an die Erdbeermarmelade, auch die war sehr, sehr lecker!
Nachdem wir uns gestärkt hatten flogen wir weiter umher. Kamen aber nicht weiter, weil uns etwas stoppte, was uns zwar zeigte, dass es in der Nähe weitere interessante Sachen gab, aber wir konnten nicht dahin.

Wir flogen wie wild umher, um einen Ausweg zu finden, was uns aber nicht gelang. Als wir uns mal kurz ausruhten, waren wir auch schon wieder in diesem Behältnis, wo wir schon einmal drin waren. Dann waren wir wieder plötzlich draußen in der Kälte.

Wir schauten uns verdutzt an.

Da wir ja schon einmal ausgesetzt gewesen waren, so war es für uns ein leichtes, den Weg zu unserem Nest wieder zu finden.

Wir also wieder zurück.

Auch andere, die diesen Weg nahmen, kamen so wieder zurück. Nur zwei kamen nicht mehr zurück. Sie wurden Opfer des weißen Monsters, dass sie so lange jagte, bis sie beide unter ihren scharfen Krallen ihr Leben aushauchten.

Neugierig geworden über die Erzählungen wollte auch der Junior von Johann einmal in die neue Welt mitfliegen. Nach längeren Diskussionen durfte er unter Auflagen mit.

Dann kam der große Tag. Er durfte mit seinem Vater mitfliegen. Beide zwängten sich durch den Spalt.

Der Junior brummte vor Aufregung wie wild.

Der Vater ermahnte ihn eindringlich. Der Junior riss sich zusammen und weiter konnte es gehen.

Dann standen sie an der Öffnung, die in den großen hellen Raum führte. Beide nahmen ihre Flügel unter die Arme und es konnte losgehen. Voller Übermut flog der Junior durch den Raum. Besorgt schaute sich der Vater um, wo denn sein Sprössling unterwegs sei. Er fand ihn in einem Bereich, wo es zahlreiche, stachelige Blumen gab. Er machte sich auf dem Weg zu seinem Sohn, um ihn zu warnen. Aber alle Rufe halfen nichts. Der Junior flog durch den Raum, immer wilder und schneller. So schnell konnte der Vater ihm nicht mehr verfolgen. Da passierte es. Aus Sorge um seinen Sohn übersah er den starken Stachel einer dieser Blumen und flog direkt in diesen Stachel hinein. Dieser bohrte sich tief in seinem Körper hinein.
Er wollte seinen Sohn noch warnen, vor dem großen weißen Ungeheuer, dass schon auf der Lauer lag.

Aber der Sohn flog unbekümmert weiter.

Bevor er sein Leben aushauchte sah er noch, wie sein Sohn sich genau vor dem Ungeheuer an diesem komischen Teil niederließ, wo man was sehen konnte, aber nicht weiter kam. Blitzschnell war das Ungeheuer da und er konnte nur noch zusehen, wie sein Sohn von diesem Ungeheuer getötet und gegessen wurde. Ein letzter, langer Seufzer kam noch von ihm, bevor auch er an seinen Verletzungen verstarb.

So endete ein kleiner Ausflug in eine neue, unbekannte Welt mit dem Tode.

Daran sieht man es einmal wieder, das auch Wespen so ihre Sorgen haben!
Aber nun wieder zurück zu unseren Stubentigern. Denn ein weiteres Abenteuer stand für die beiden an.

Am Wochenende waren der Sohn von meiner Frau und Shwiegertochter bei uns zu Besuch.

Es gab immer wieder reichlich zu tun. Mal musste ein Wagen überholt werden oder man hatte die Idee einen alten „Bulli" zu einem sogenannten „Foodtrack" umzubauen. Dazu mussten Motor und Getriebe überholt werden, sowie die Einbauten entfernt werden.

Eines Tages brachten die beiden auch einen Hund mit, den sie sich angeschafft hatten. Ein ordentliches Kaliber war der. Als er zum ersten Mal in unserem Wintergarten war, sah man unsere Katzen regelrecht auf der Flucht. Balu verzog sich ins Badezimmer und Merlin flüchtete hinter dem Fernseher, in einer Ecke, wo nur er hinkam.

In diese Ecke flüchtete er auch immer, wenn Balu ihn mal jagte, weil er ihn zu sehr genervt hatte. Jetzt kam da noch ein größeres Monster zu ihm.

Was sollte er davon halten?

Da es draußen sehr schön war, nahm man den Hund mit nach draußen und unsere beiden Katers kamen langsam und sehr vorsichtig aus ihren Verstecken. Zuerst natürlich Balu, der als Hauskater wissen wollte, was hier nun Sache sei. Wer erlaubte sich da, in sein Reich einzudringen? Bei dem Blick aus dem Fenster wurde der unbekannte, neue Bewohner genau von Balu unter die Lupe genommen. Nachdem er genug gesehen hatte zog er sich wieder zurück. Merlin blieb auf unbestimmte Zeit hinter dem Fernsehen liegen. Selbst auf das Essen verzichtete er. Er hatte etwas mehr Angst vor diesem großen, weißen Tier.

Wenn Balu an ihm bzw. dem Fernseher vorbei ging, lugte er vorsichtig hervor, um zu sehen, was sein Kumpel machte.

Ging er zu seinem Fressnapf?

Oder wo ging er hin?

Was machte er?

Noch zögerte er!

Aber nachdem er mitbekam, dass Balu sein Essen bekam und dies in aller Ruhe einnahm, schob er seine Bedenken zur Seite und kam aus seinem Versteck heraus und suchte die Nähe von Balu auf. Jetzt konnte auch er in Ruhe Essen. Schnell beeilte er sich. Man konnte ja nie wissen, wann dieses Monster von draußen wieder herein kam. Damit war Eile angesagt.

Balu aß in aller Ruhe.

Merlin beeilte sich und verschwand wieder hinter dem Fernseher.

Dieser war für ihn ein sehr sicheres Versteck.

Nachdem Balu ebenfalls fertig war, zog er sich wieder ins Badezimmer zurück und schlief noch eine Runde.

Gegen Abend kamen dann alle wieder herein. Man hatte draußen gegrillt und nun war es frisch geworden und man zog es vor nach drinnen zu gehen.

Normal waren es unsere Katzen gewöhnt dann zu uns zu kommen, um mit uns gemeinsam den Abend zu verbringen.

Aber was nun?

Da lag jetzt ein weißes Monster im Weg und versperrte den Weg zu ihrer Dienerschaft.

Ein Unding!

Balu kam aus dem Badezimmer heraus und wollte durch die Küche in den Wintergarten gehen, aber genau im Zugang lag dieser Hund. Was sollte er tun. Eigentlich hört man unseren Kater Balu nie miauen, aber diesmal schon, als wollte er eine klare Ansage machen, dass er hier das Sagen hat. Es schien kein freundliches Miauen zu sein, dazu war der Ton zu krass, sein Schwanz war dick geschwollen und er spreizte auch seine Krallen, die wie fünf scharfe Messer aussahen.

Dazu kam noch ein sehr scharfes Fauchen, was nicht sehr freundlich schien.

So haben wir ihn noch nicht gesehen oder erlebt, denn eigentlich ist er ein sehr ruhiger Vertreter seiner Rasse.

Aber es schien zu wirken, denn der Hund stand auf und ging zu seinem Herrchen. Damit hatte Balu freie Bahn und kam dann zu mir, als wollte er sagen:

Das ist meine Dienerschaft und ich gehöre hier hin und daran wird mich auch keiner hindern.

Wir hatten einige Zeit vorher für unsere Katzen, da sie Kartons über alles lieben, eben aus jenen Kartons einen doppelstöckigen Tunnel gebaut, den sie gerne als Durchgang benutzen, vor allem Merlin, um an Balu vorbei zu kommen und als Sitzgelegenheit, weil man von dort aus alles im Überblick hat, da dieser Tunnel zwischen Wintergarten und Küche steht.

Nach zirka drei Tagen hatte auch Merlin sich durchgerungen zu uns zu kommen, anstatt hinter dem Fernseher zu bleiben.

Aber da lag schon wieder das weiße Monster auf dem Weg von der Küche in den Wintergarten in der Quere.

Was sollte unser kleiner Kater nun tun?

Oder hatte ihn Balu gezeigt, welchen Weg er nehmen muss?

Wenn er zu uns wollte, dann musste er irgendwie hier an dem Monster vorbei.

Jedenfalls kam Merlin ganz langsam, tief geduckt, ja fast in Zeitlupe durch die Küche geschlichen, den Blick starr auf das weiße Monster gerichtet, jede seiner Bewegungen, ja auch Regungen, beobachtend langsam auf dem Zugang zu. Kurz vor dem Hund hielt er inne, als wollte er die Lage noch einmal sondieren.

Plötzlich, wie von einer Nadel gestochen raste er durch seinen Tunnel durch, was den Hund total überraschte und er suchte sofort uns und sicherte sich einen Platz auf einem leeren Stuhl.

Er war in Sicherheit!

Man merkte ihm seine Erleichterung an, dass er da vorbei gekommen war.
So hatte auch er sich den Respekt gesichert vor dem großen, unbekannten Wesen.

Mit der Zeit ging es immer besser, Hund und Katze akzeptierten sich und jeder bekam seinen Freiraum.

Trotzdem zogen es unsere Katzen vor, wenn wir abends gemeinsam vor dem Fernseher unser Abendbrot einnahmen und dann uns das manchmal doch recht bescheidene Fernsehprogramm anschauten, dass sie bei uns waren und einfach zufrieden waren, wenn wir alle zusammen waren.
Mittlerweile wartet auch Balu ab, bis ich im Bett bin, erst dann zieht er sich auf seine Schlafstelle zurück. Ob er das von Moritz gelernt hat? Er hatte immer gewartet bis alle im Bett waren, erst dann legte er sich auch hin!

Ein Leben ohne Katze, wie arm kann dieses nur sein?

Schon Daniel Defoe befand es richtig und sagte einmal:

„Wer eine Katze hat, braucht das Alleinsein nicht zu fürchten!"

Oder, wie sagte es Colette so treffend:

„Zeit, die man mit einer Katze verbringt, ist niemals verschwendet."

Ein wahrlich wahres Wort, denn Katzen wirken beruhigend und man kommt einfach herunter.

Sie haben Geduld, Verständnis und die Zeit, die du mit ihnen verbringst, inspirieren dich und du vergisst für einen Moment all deine Sorgen, wenn deine Katze dir zeigt, wie sehr sie dich liebt!

Auch ich freue mich immer, wenn mein grauer Kater zu mir an den PC kommt.

Auch wenn ich dann in meinen Gedanken abgelenkt werde, so macht es mich immer wieder glücklich, wenn er kommt, vorsichtig sich neben mir hinsetzt, mich zärtlich mit seiner Nase mich „anstupst" und ich ihn liebevoll den Nacken graule. Oft streichelt er mich sanft mit seiner Pfote über mein Gesicht, als wolle er mir sagen:

„Ich liebe dich!"

Mittlerweile ist dies schon zu einem täglichen Ritual am Nachmittag geworden.

Somit kann ich sagen mit den Worten von Robert Lund:

„Eine Katze ist nur technisch ein Tier, ansonsten ist sie göttlich!"

Nun ist es aber wieder Zeit für eine Geschichte von den beiden, bevor wir weiter in der Euphorie schwelge.

Wie schon erwähnt sind unsere beiden Katzen immer sehr neugierig und müssen alles neue immer genauestens unter die Lupe nehmen

Wir hatten uns einen Schrank bestellt, der in eine passende Lücke im Wintergarten zu stehen kommen sollte und für die Utensilien, die meine Frau für ihre Hobbys brauchte, als Ablageort dienen sollte.

Natürlich kam er als Bausatz, was aber nicht schlimm war, da wir schon etliche Sachen einer schwedischen Marke erfolgreich zusammengebaut haben. Aber diesmal waren zwei sehr neugierige Katzen mit am Werk.

Wir begangen damit, alle Teile zu sortieren, um auch zu sehen, ob alles komplett war.

Zu unserem Glück waren alle Teile vorhanden.

Dann konnte es losgehen.

Dieser Schrank bestand aus drei Teilbereichen. Rechts und links waren je vier Schubladen vorgesehen, während in der Mitte ein großes Fach vorgesehen war, wo man je nach Bedarf ein, zwei oder sogar drei Böden einziehen konnte. Wir überlegten kurz und entschieden, um keinen Stauraum zu verschenken alle drei Böden zu verwenden.

Aber zuerst gingen wir daran, die acht Schubladen zusammen zu bauen.

Dazu missbrauchten wir unseren großen Tisch den wir im Wintergarten stehen haben.

Kaum hatten war die notwendigen Teile der ersten Schublade herausgesucht, einschließlich der Beschläge und wollten gerade anfangen die ersten Teile zusammen zu fügen, saßen plötzlich unsere beiden Katzen mit auf dem Tisch und mussten natürlich erst einmal alle auf dem Tisch liegende, für sie bisher unbekannte Gegenstände, inspizieren.

An einen weiteren Zusammenbau war in diesem Moment nicht zu denken. Balu nahm jedes Teil sehr genau unter seinen wachsamen Augen, während Merlin es viel interessanter fand mit den Schrauben zu spielen.

Die konnte man so schön vom Tisch rollen, was ihm natürlich einen Heidenspaß machte.

Nach ein paar eindringlichen Worten und dem Aufsammeln der Gegenstände, die Merlin von Tisch gefegt hatte, konnten wir dann endlich weiter daran gehen, die erste Schublade fertig zu montieren.

Nachdem die erste der Schubladen fertig war und wir uns mit dem Zusammenbau eingespielt hatten, waren die restlichen sieben Schubladen ein Kinderspiel für uns.

Wir stellten die fertigen Schubladen auf dem Boden ab.

Aber ehe wir uns versehen hatten, waren Balu und Merlin unterwegs und hatten sich der Schubladen bemächtigt und machten dabei auch gleich den ersten Belastungstest.

Er fiel vermutlich zufriedenstellend aus, die beiden ruhten plötzlich, jeder in einer, der bereits fertigen Schubladen sich aus. Dennoch wurden wir mit Argusaugen beäugt, als wir dann herangingen, um den Korpus zusammenzubauen.

Wir hatten das beschleichende Gefühl, dass unsere Katzen noch nicht so recht wussten, was wir da eigentlich bauten.

Sollte dies etwa etwas Neues für sie sein?

Eine neue Behausung mit Schlafmöglichkeiten?

Oder ein neuer Spielplatz für die beiden, mit vielen Verstecken und weiteren Klettermöglichkeiten?

Zunächst konnten wir noch in Ruhe weitermachen, aber das änderte sich sobald der Korpus stand.

Ehe wir uns versahen, hatte Balu den Korpus in Beschlag genommen und es sich darin gemütlich gemacht. Wer Balu kennt, der weiß auch, dass man ihn nicht so schnell dazu bewegt bekommt, dass er den Korpus verlässt.
Aber er bleibt dort sitzen oder liegen wo er gerade ist. Er hat ein unerschütterliches Gottvertrauen und weiß ganz genau, dass wir aufpassen, um ihn nicht zu verletzten.

Also warum soll er Platz machen? Es geht doch... scheint er sich zu sagen!

Merlin ist da noch anders. Ein etwas lauteres Wort und er macht sofort kehrt und zieht sich zunächst erst einmal zurück. Aber seine Neugierde ist meist stärker und schon kurze Zeit später ist er wieder da.

Ja, jetzt saß Balu im Korpus drin, Merlin hatte es sich in einer Schublade gemütlich gemacht und schaute uns, wie auch Balu zu, was da jetzt kommen möge.

Was sollten wir dagegen tun? Ich beschloss einfach, weiter daran zu gehen, um den Zusammenbau zu vollenden.

Zunächst montierten wir die Tür, welche den Mittelbereich verschließen sollte. Balu lies sich davon nicht stören und blieb stur liegen. Scheinbar fand er es toll, jetzt eine eigene Höhle zu haben.

Dann konnten wir links und rechts die Schubladen einsetzen und ruck zuck waren auch die Griffe montiert.

Von Balu hörten wir kein Wort!

Wir machten die Türe auf und was mussten wir sehen?

Balu lag hier ganz entspannt in seiner Liegepose und schaute uns mit großen Augen an, also wollte er uns sagen:

Das ist mal ein Platz der mir gefällt, obwohl noch etwas fehlte. Eine weiche Decke, die den Platz ideal machen würde!

Vorsichtig, wir hatten ja noch drei Bretter übrig, fügten wir diese ein. Die ersten zwei, die wir von oben nach unten setzten, schienen Balu in keinster Weise in seiner „Ruheposition" zu stören.

Er schaute uns zwar mit wachen Augen an, was wir da vorhaben, aber eine Reaktion kam da nicht von ihm. Im Gegenteil, er reckte und streckte sich noch einmal kräftig, um dann wieder seine Ruheposition einzunehmen.

Erst als wir unser letztes Brett einbringen wollten, da suchte er schnell die Flucht.

Dies war ihm dann doch wohl zu eng.

So konnten wir dann endlich den fertigen Schrank an die vorgesehene Stelle im Wintergarten platzieren. Meine Frau wollte gerade die vielen Sachen, die sie sortiert hatte und nun auf dem Tisch standen, in dem neuen Schrank einräumen, als sie sah, wie die beiden Katzen in dem neuen Schrank herumturnten. Die hatten einen Spaß daran. Da ging rein und raus. Meine Frau konnte nichts anderes machen, als dem Schauspiel tatenlos zuzusehen.

Was sollte sie auch machen?

Sie ging in die anliegende Küche und klapperte mit einigen Sachen und Dosen herum.

Beide wurden dadurch in ihrem Spiel unterbrochen und wurden hellhörig.

Sollte es da etwas zu Essen geben?

Merlin ist in dieser Beziehung der erste, der das regelrecht riecht und sein Spiel auch sofort unterbrach und in die Küche lief, um zu sehen, was es dort gab. Seine Nase hatte ihn nicht getäuscht.

Seine Dosenjongleurin hatte eine sehr besondere Dose aufgemacht, die von beiden eine Lieblingsspeise war. Sobald die Schüsseln auf ihren Platz standen, da gab es kein Halten mehr. Auch Balu hatte in der Zwischenzeit den Braten gerochen und hatte ebenfalls sein Spiel unterbrochen.

Dann ging er langsam und bedächtig, wie es seine Art ist und saß nun ebenfalls vor seinem Fressnapf.

Jetzt wurde erst einmal genüsslich gegessen.

Meine Frau nutzte rasch die Gelegenheit und räumte schnell den Schrank ein.

Etwa zeitgleich waren die Schüsseln geleert und meine Frau hatte in aller Eile den Schrank eingeräumt.
Balu lief noch einmal zum Schrank, der aber jetzt verschlossen war, was er zur Kenntnis nahm und damit war für ihn der Fall abgeschlossen.

Es ist immer wieder erstaunlich, dass beide sich einen Spaß daraus machen, wenn sich mal eine Tür zu einem Schrank öffnet, die Chance zu einer Inspektion zu nutzen. Da kennt ihre Neugierde keine Grenzen.

Dabei müssen wir immer sehr wachsam sein, damit wir keinen einschließen.

So gibt es immer wieder kleine Episoden, die den Alltag mit unseren beiden geliebten Katzen bereichern.

Wie auch jene:

Manuela strickt oder häkelt immer gerne und viel. Dazu werden dann halt auch verschiedene Wollknäuel benutzt. Balu hat sich mittlerweile daran gewöhnt und ihn interessieren diese vielen Wollknäuel nicht mehr.

Dafür liebt er es, sich lieber mit mit den Schnürsenkel unseren Schuhen zu beschäftigen. Diese werden immer sehr genau unter die Lupe genommen und dann fliegt auch schon einmal ein Schuh durch die Luft und mit ihm geht es dann durch die Stube.

Früher fand auch er, aber nur bestimmte Strickgarne gut, die er dann sehr intensiv bearbeitete, hin bis zum Durchbiss.

Heute spielt Merlin, der sowieso sehr gerne auf allen Möbeln unterwegs ist, mit allen möglichen Gegenständen, vor allem mit denen, die man so gut rollen und herunter werfen kann. Anschließend geht es mit den Gegenständen weiter auf dem Boden.

So ist das auch mit den Strickgarnrollen.

Die rollen so schön vom Sofa herunter und mit denen kann man so herrlich durch die Bude tollen.
So hatte Manuela gerade eine Decke in Arbeit, zu der sie mehrere verschieden farbige Knäuel brauchte. Als sie nach der Farbe Blau schaute, war diese nicht mehr da, obwohl sie sie gerade eben noch im Einsatz hatte.

Beim Stricken oder Häkeln schaut Manuela sich gerne Berichte im Fernsehen an. Die Handarbeit läuft dann so nebenbei mit. Bloß jetzt ging es nicht mehr weiter, da auf einer Nadel kein Faden mehr hing.

Wo war das ganze Knäuel?

Sie suchte überall auf der Couch, fand aber nichts. Eine kurze Überprüfung des restlichen Faden ergab, dass dieser recht nass war. Hatte vielleicht Merlin, der ja mit ihr auf der Couch lag, den Faden durchtrennt? Aber wo ist der jetzt nun?

Sollte er den Faden durchtrennt haben?

Wo aber war das ganze Knäuel?

Nun, vermutlich hat der springende Faden seine Neugierde geweckt und er versuchte nach ihm zu schnappen.

Scheinbar konnte er ihn sich schnappen und kaute darauf herum, was letztendlich zu einer Trennung vom Knäuel bedeutete.

Noch immer suchte Manuela das Knäuel und aus dem Augenwinkel sah sie noch, wie Merlin damit durch das Wohnzimmer tobte und damit in Richtung Küche und Wintergarten unterwegs war.

Merlin hatte einen Heidenspaß hinter dem Knäuel herzurennen. Es ging von einer Ecke in die andere. Das Knäuel löste sich bei dieser wilden Hatz dabei so langsam auf. Nur mit Mühe kam Manuela hinter ihm her. Aber Merlin ließ sich nicht mehr aufhalten, zu sehr war er in seinem Spiel drin und sah Raum und Zeit nicht mehr. Auch die verzweifelten Rufe von Manuela überhörte er einfach.

Sie ließ ihn einfach gewähren!

Nach einer gefüllten Ewigkeit hatte er sich so verausgabt, das er selber einmal verschnaufen musste.

Dies war die Chance für Manuela ihm das Knäuel, oder besser gesagt, was von ihm noch übrig war, zu sichern. Danach war auch er geschafft und zog sich in eine Ecke zurück und schlief ein.

Wovon mag er wohl geträumt haben?

Heute ist dies für ihn eine Normalität geworden, die er nicht mehr beachten will. Sie ist halt da und was soll es.

Heute gibt es andere Bereiche, die für ihn interessanter sind, zu untersuchen. Das sind zum Beispiel Klettertouren auf den Schränken, je höher desto besser. Dort gibt es viele neue, unbekannte Sachen zu entdecken. Das ein oder andere gehört dort nicht hin und findet so den Weg nach unten.

Wenn es irgendwo ein Geräusch gibt, dass nicht alltäglich ist, dann wissen wir, Merlin ist unterwegs in anderen Welten.

Wenn wir dann mal nachsehen, geht unser Blick immer zuerst nach oben. Wenn wir ihn dann entdecken, dann sitzt er dort stolz wie „Oskar" hoch oben auf dem Schrank, als wolle er sagen:

„Seht her, hier bin ich!

Seht her, bisher habe ich noch nichts abgeräumt!"

Dies heißt dann immer für uns, den Atem anhalten, ganz ruhig mit ihm reden. Denn ein lautes Wort könnte ihn derart erschrecken, dass er dann in seiner Eile, unserem Befehl Folge leistend, dann erst richtig abräumt. Das gilt es zu verhindern.

Manchmal lassen wir ihn auch einfach gewähren, denn oft ist seine Neugier nur von kurzer Dauer.

Besonders dann, wenn wir Balu mit einem Leckerli locken, was seinen Entdecker-Trieb doch merklich zum Erliegen bringt. Jetzt gilt für ihn der Satz:

Halt, halt ich will auch noch etwas abbekommen. Schwupps ist auch er wieder unten und nimmt sein Leckerli in Empfang. Damit kann man ihn immer kriegen.

Was die Sache aber oft auch schwieriger macht, ist die Tatsache, dass plötzlich beide ihr Unwesen treiben, immer nach dem Motto:

„Was du kannst, kann ich schon längst!"

So macht sich auch der eher behäbige und scheinbar schwerfällige Balu zu einer Klettertour auf, als wolle er seinem kleinen Freund zeigen, dass er dies genauso gut kann, wie sein Kumpel Merlin.

So sind dann beide auf Klettertour unterwegs. Dann wird es abenteuerlich. Bis jetzt können wir aber toi, toi sagen, kein Bruch oder eine Beschädigung an den vielen Dekorationsartikel die dort auf den Schränken stehen.
Also lassen wir sie gewähren und freuen uns, dass sie ihre Umwelt kennenlernen wollen, denn sie leben ja mit uns und so gibt es immer wieder etwas Neues, was in unserem Haushalt hinzukommt.

Da muss man ja auf dem Laufenden bleiben.

So können wir sagen und da stimmen wir mit Jean Cocteau überein, der einmal sagte:

„Ich liebe Katzen, weil ich mein Zuhause genieße und sie im Laufe der Zeit dessen sichtbare Seelen werden!"

Sie sind liebevolle Seelen, die schnell merken, wenn es einem mal nicht so gut geht, dann suchen sie seine Nähe auf und zeigen einem, dass sie da sind.

Ferner bringen sie einem nach einem stressigen Tag wieder herunter, wenn man sich ihnen widmet. Diese Zeit sollte man sich immer nehmen und eine Katze dankt es ihnen.

Ich habe oft das Gefühl, dass die Katze meine Gesellschaft sucht, wenn auch nicht zu allen Zeiten, sondern dann, wenn sie es will.

So kommt Balu fast jeden Tag zu mir an den PC, wenn ich dort sitze, nur um bei mir zu sein. Mittlerweile ist dies zu einem Ritual geworden. Wenn es mal nicht stattfindet, schaut man schon mal nach, woran es liegt.

Katzen leben ihr Leben, während wir oft nur als Beiwerk dienen, wenn es mehr wird, dann liegt dies an Gegenseitigkeiten, die man schätzt.

So gibt es ein sehr schönes Geben und Nehmen auf beiden Seiten, wobei eine Katze immer auf ihre Unabhängigkeit behaart.

Aber sie liebt ihre „Dienerschaft" über alles, bleibt aber immer noch selbstbestimmt. Aber genau diese Eigenart macht sie so beliebt. Eine Eigenschaft die manch einer gerne auch hätte. Aber wir Menschen sind anders gestrickt bzw. haben es nicht anders gelernt, als mit dem Strom zu schwimmen.

Wir denken nicht mehr selbst, sondern bedienen uns eines fremden Gedankeneigentums, verinnerlichen dieses und folgen diesem, ohne zu wissen warum bzw. überhaupt darüber einmal selbst darüber nachzudenken-!

Eigentlich sollten wir ja alle aufgeklärt sein, aber scheinbar haben viele dieses nicht mitbekommen.

Da unterscheiden sich Katzen und Menschen!

Dieser Unterschied, um dies mit den Worten von Paul Gray zu sagen:

„Katzen wurden in die Welt gesetzt, um das Dogma zu widerlegen, alle Dinge seien geschaffen, um den Menschen zu dienen".

Dies macht den Unterschied zwischen Katze und Hund aus!

Hunde und Katzen haben viel Talent.

Ja, es stimmt. Beide haben ihre Talente, die sie aber unterschiedlich einsetzen. Hunde kann man dressieren, man kann sie abrichten und sie für bestimmte Aufgaben einsetzen, je nach ihren Fähigkeiten. Das ist mit einer Katze nicht möglich. Sie ist und bleibt unabhängig.

Dabei muss man aber auch unterscheiden, ob eine Katze ein Freigänger ist oder eher eine Wohn- oder Hauskatze ist. Wenn sie mehr draußen ist, wird ihre Unabhängigkeit stärker ausgeprägt sein als bei einem reinen Stubentiger.

Ein Freigänger wird andere Fähigkeiten haben als ein Stubenhocker. Er wird draußen lernen, wie man sich durchsetzt gegen andere freilaufende Katzen. Er wird lernen, wie man Mäuse oder Vögel jagt. Er wird lernen, wo man sich aufhalten kann oder nicht!

Bei einem Stubentiger sieht dies schon etwas anders aus. Er weiß, dass sein Fressen regelmäßig kommt, er weiß, wo sein Katzenklo steht, er weiß, wo seine Schlafplätze sind. Er weiß auch, was er machen muss, wenn seine Dienerschaft nicht springt, wie er es gerne hätte.

So lernen Sie halt unterschiedliche Dinge, die Sie an die jeweilige Situation anpassen.

Unsere Stubentiger wissen ganz genau, wann es Zeit ist, ihre Mahlzeiten zu verlangen, was sie aber auch dementsprechend kund tun. Sie haben sich unserem Alltag angepasst und leben danach.

Aber auch sie haben es gelernt, bestimmte Signale auszusenden, die uns dann klarmachen, was sie wollen.

Bekannte von uns haben auch zwei Katzen, die auch schon einmal zwei oder drei Tage allein bleiben, weil sie gelernt haben, ihre Mahlzeit aus einem Automaten zu holen.

Und bei einem Hund?

Er braucht auch ferner seinen mehrmaligen „Gassigang" am Tag, um sein Geschäft zu erledigen.

Katzen benutzen ihr Klo!

Mary Bly hat einmal gesagt:

„Hunde kommen, wenn sie gerufen werden! Katzen nehmen die Mitteilung zu Kenntnis und kommen gelegentlich darauf zurück."

Eine Erkenntnis, die stimmt, aber es gibt auch Ausnahmen, die zwar den Ruf vernehmen, aber ihn auch verstehen, um was es hier geht. Sollten sie etwas unterlassen, dann geht der Ruf ungehört an ihrem Ohr vorbei. Geht es aber um ihr Essen, dann folgen sie dem Ruf sofort!

Jetzt kann man sich die Frage stellen, wer denn nun klüger sei, aber dies ist nur eine rein hypothetische Antwort.

Aber es gibt natürlich auch Zeiten, wo unsere Lieblinge uns Sorgen bereiten, wenn sie mal krank werden. So litt Balu plötzlich unter Verstopfung. Alle unsere bekannten Möglichkeiten verliefen ohne Erfolg. Also stand nun ein Besuch beim Tierarzt an. Bei Balu war dies so eine Sache. Sobald er merkte, dass er in eine Transportbox musste, nahm er alle vier Pfoten unter den Bauch und weg war er.

Aber diesmal war das anders. Als wüsste er Bescheid, dass wir ihm nur helfen wollten und dies nur noch ein Arzt konnte.

So ließ er sich fast bereitwillig in die Box bringen, er legte sich ruhig hin und ergab sich seinem Schicksal.

Er wusste ja, seine Dienerin war ja bei ihm. Auch die Untersuchung beim Tierarzt lief ohne Probleme ab. Dies verwunderte auch Manuela etwas. So war er sehr brav. Nach einem ersten Anfangserfolgen stellte sich aber schnell wieder das gleiche Problem ein.

Wieder war es notwendig mit ihm zum Tierarzt zu fahren. Auch diese Prozedur ließ er gelassen über sich ergehen. Der Befund war nicht so gut. Eine OP stand im Raume! Manuela wollte es noch einmal so versuchen, also mit Tabletten und einem speziellen Saft.

Aber da hatte sie unseren Balu etwas unterschätzt. Er schaffte es, die Tabletten aus seinem Futter heraus zu sortieren. Auch das Einflößen des Saftes machte am Anfang etwas Probleme, aber ein energisches Machtwort von Manuela reichte, um ihm klarzumachen, dass sie dies nicht zum Spaß mit ihm machte.

Scheinbar half das.

Ohne Probleme nahm er nun seinen Saft. Er ließ sich bereitwillig packen und man konnte den Saft per Pipette sehr gut in den Mund entleeren. Gut, schmecken ist was anderes. Jedes Mal musste er sich schütteln. Nach zwei, drei Tagen löste sich, zum Glück für uns alle, die Verstopfung auf und auch Balu schien wie befreit zu sein.
Auch eine Nahrungsumstellung half ihm dabei. Als er wieder anfing, den kleinen Merlin durch die Bude zu jagen, wussten wir, dass es ihm wieder besser ging. Er war wieder ganz der „Alte".

Ja, dass kommt halt auch einmal vor, das unsere Lieblinge krank werden, unpässlich sind und zum Tierarzt müssen.

Ein anderes Kapitel ist bei unserem Balu die Fellpflege.

Er hat ein sehr schönes, geschmeidiges Fell, aber er lässt sich nur sehr ungern kämmen.

Warum dies so ist?

Das wissen wir nicht?

Hat er vielleicht früher mal eine unliebsame Bekanntschaft mit der Bürste gemacht?

Wenn er nur die Bürste sieht, nimmt er Reißaus.

Es gibt auch mal sehr gute Tage, dann kann Manuela ihm ein paar Mal mit der Bürste über das Fell streichen. Aber zu mehr kommt sie nicht. Über den Rücken geht ja noch, aber sobald man an den Bauch kommt, ist es vorbei. Dann sucht er das Weite. Einen weiteren Versuch gibt es dann nicht.

Dabei ist er so ein hübscher Kater.

Aber mit der Bürste durch sein Fell?

Nein, das mag er nicht. Absolut nicht!

Dann zieht er sich lieber in eine Ecke zurück und scheint zu schmollen.

Also lassen wir ihn dann lieber in Ruhe, als ihn zu quälen.

So gesehen braucht die Katze ihren Freiraum, ihre Eigenständigkeit, um ihren Liebreiz zu entwickeln. Aber sie ist auch ein Wesen, was eine gewisse Sanftmut, Eleganz und Geschmeidigkeit an den Tag legt und dennoch ihre Liebe zeigt.
Vielleicht nicht an jedem Tag, zu jeder Stunde, nein sie bestimmt den Zeitpunkt und dann sollte man sich Zeit für sie nehmen!

Aber trotz aller Eigenwilligkeit hat auch die Katze einen geregelten Tagesablauf.

Der Tag ist aufgeteilt zwischen zahlreichen Schlafphasen, Spiel- und Entdeckungstouren und zu guter Letzt zwischen den Mahlzeiten!

Ich spreche zu Recht von der Mehrzahl an Mahlzeiten.

Unsere Katzen haben in der Regel vier bis fünf Mahlzeiten, wobei sie oft auch versuchen noch zu einer weiteren zu gelangen.
Den auch ihr Geschmack verändert sich fast täglich. Oft helfen da nur kleine Tricks, wie zum Beispiel eine flüssige Suppe, um eine zunächst verschmähte Mahlzeit wieder attraktiv zu machen.
Es ist erstaunlich, wie sehr sich unsere Katzen an unserem Leben angepasst haben. Wenn wir aufstehen müssen, wer ist dann schon da und sitzen vor ihren Fressschalen?

Unsere Katzen!

Sie merken auch ganz genau, wenn wir mal weg müssen, dann fordern sie einen Zuschlag, so nach dem Motto:

Mann kann ja nie wissen, wann ihr zurück kommt. Da ist uns ein gut gefüllter Napf doch lieber!

Ansonsten ist dann bei unseren Katzen Ruhe angesagt!

Beide ziehen sich dann gerne zurück und genießen die Ruhe und Stille.

Wenn wir dann im Anflug sind, steht zumindest einer unserer Katzen schon einmal bereit, um uns zu begrüßen und uns darauf hinzuweisen, dass die Fressschalen leer sind. Aber auch die Zweite ist dann auch aus einer Ecke aufgewacht und streicht uns um unsere Beine, als wenn wir sehr lange weg waren.

Jetzt habe ich bzw. wir unsere Liebe zu unseren Katzen ausgiebig dargelegt und wir können ohne Übertreibung sagen, Katzen sind wunderbare Geschöpfe. Wir lieben sie so wie sind, mit all ihren liebevollen Macken, ihrer Zuneigung und ihren Eigenwilligkeiten.

Ich lege nun mein fertiges Buch zur Seite und schaue auf meine Katze, die wieder neben mir liegt, auf einen Platz, den sie gerne einnimmt, um bei mir zu sein.

Ich erinnere mich an einem Satz von Dilis Laing, der einmal sagte:

„Sie lächelt in ihr Fell und glättet es zart mit rosaroter Zunge. Katze, ich möchte dir gerne dieses Buch leihen, aber ich glaube, Du hast es schon gelesen?

Sie hebt den Kopf und schaut mich schnurrend an:

„Sei doch nicht albern. Ich habe es geschrieben!"

Wenn es dem so ist, dann sollte ich hier schließen und das Buch beenden.

PS:

Hoffentlich hört er jetzt auf über uns zu schreiben, sonst werden wir noch rot vor Verlegenheit.

Er mag ja in dem einen oder anderen Punkt Recht haben, aber unsere letzten Geheimnisse behalten wir lieber für uns!

In diesem Sinne

Balu und Merlin

Wer nun glaubt, dass ich am Ende meines Buches angelangt bin, den muss ich leider enttäuschen. Denn ein wichtiges Kapitel fehlt noch.

Eine Tatsache veränderte mit einem Schlag unser Leben und dies auch unserer Katzen.

Was war passiert?

Im letzten Jahr bekam meine Frau die erschreckende Nachricht, dass sie an einem Brustkrebs litt. Danach folgten die notwendigen Chemo - Therapien, sowie zahlreiche Bestrahlungen, einschließlich einer weiteren langwierigen und notwendigen medikamentösen Behandlung, was ja auch eine Veränderung in der Persönlichkeit mit sich führte. Dadurch wurde auch ihr Berufsleben verändert.

Mitte des letzten Jahres hatte sie den Wunsch nach einem Hund.

Nachdem sie gesehen hatte, wie ihr Sohn und deren Frau mit ihrem Hund umgingen.

Wir diskutierten darüber, weil ich auch Bedenken hinsichtlich unserer Katzen hatte. Schließlich wollte ich mich dem Wunsch meiner Frau nicht verschließen und wir einigten uns darauf, dass nur ein kleiner Hund für uns in Frage kommen würde. Dies wurde auch von ihr akzeptiert.

Wir machten uns auf die Suche in verschiedenen Foren des Netzes. Schnell hatten wir einen passenden Hund gefunden. Jetzt musste nur noch geklärt werden, ob er sich auch mit gleich zwei Katzen abfinden konnte. Ein Test verlief negativ und so blieb der Hund dort wo er war.

Er hätte gut zu uns gepasst.

Damit ging die Suche weiter, was aber manchmal zu einer reinen Geduldsprobe wurde.

Weitere Hunde, die zu uns hätten passen können und die wir uns ausgesucht hatten, entweder hatten sie etwas gegen Katzen oder die Besitzer bzw. die Abgebenden meldeten sich einfach nicht.

Die Enttäuschung für meine Frau wuchs.

Während meine Frau in einer weiteren Chemo - Sitzung war, suchte ich weiter im Netz nach weiteren kleinen Hunden.

Ein glücklicher Zufall führte mich auf eine Tierschutzseite, wo ein kleiner Hund angeboten wurde. Selbst mir gefiel er auf dem ersten Blick.

Ich schicke meiner Frau eine Nachricht mit den Worten:

„Die könnte zu uns passen!"

Es war eine sechsjährige alte Mischlingshündin, aus einem Mix von Yorhshire und Malteser mit einem frechen Blick.

Meine Frau nahm sofort Kontakt mit dieser Stelle auf und keine fünf Minuten später hatte sie schon eine Nachricht vorliegen.

Weitere Gespräche sollten folgen.

Es sah so aus, dass dieser kleine Hund alle Voraussetzungen hatte, bzw. mitbrachte, um auch mit Katzen zurechtzukommen.
Die Gespräche wurden intensiver und es kam dazu, dass man uns den Hund zuschrieb, was meine Frau sehr glücklich machte.

Ob er aber auch unsere Katzen glücklich machte, dies stand noch auf einem anderen Blatt Papier.

Ich hatte da noch so meine Bedenken.

Konnte es überhaupt gut gehen mit einem weiblichen Hund, von dem man nicht viel wusste, wo sie herkam, was sie bisher erlebt hatte, zumal sie ja auch schon sechs Jahre alt war und zwei Katzen?

Da waren noch viele Fragen offen, die einer Klärung bedurften.

Meine Frau hatte sich jedoch in die kleine Hundedame verliebt und sehnte ihre Ankunft regelrecht herbei. Aber sie wurde noch auf eine harte Geduldsprobe gestellt.

Warum?

Nun, in dem Tierheim, wo dieser, Hund einsaß, lag in Südspanien und die Transporte erfolgten nur in unregelmäßigen Abständen. In einem Transport der recht zeitnah erfolgen sollte, war sie noch nicht dabei. Dies bedeutete also, warten bis auf den nächsten Transport. Und der sollte erst drei Monate später erfolgen.
Jetzt hieß es warten und Geduld beweisen. Aber bei meiner Frau ist Geduld ein Wort, dass sie nicht so kennt!

Die Zusage hatten wir, dass wir den Hund bekommen sollten.

Alle weiteren Formalitäten waren ebenfalls schon auf den Weg gebracht worden und auch ein erster Tag des Transportes nach Deutschland stand bereits in Aussicht. Meine Frau plante schon früh die Anreise mit der Bahn nach Darmstadt, dort sollte die Übergabe in einem Tierheim erfolgen. Dieses Ansinnen stellte sich aber später als eine echte Katastrophe heraus.

Fast stündlich bekam sie eine Änderung ihrer Reiseroute.

Zum Schluss war die Reisezeit und auch die Abfahrtzeiten um das dreifache gestiegen und man musste zig mal umsteigen, einschließlich einer Fahrt mit einem Schienen-Ersatzverkehr, wie es dann immer so schön heißt.

Diese Entwicklung ließ sie fast verzweifeln!

Zum Glück sprang eine liebe Freundin von ihr ein und fuhr von Hilden nach Friesland, nahm meine Frau mit und beide fuhren nach Darmstadt, um von dort den Hund zu übernehmen.

Die letzten Tage vor der Fahrt nach Darmstadt war sie sehr unruhig und aufgeregt. Zum Glück waren die Tage frei von irgendwelchen Behandlungen. Ihre Anspannung wuchs Stunde für Stunde. Erst als es mit ihrer Freundin losging wurde sie etwas ruhiger.

Dann kam der Tag der Übergabe!

Was soll ich sagen:

Es war Liebe auf dem ersten Blick!

Beide hatten sofort einen Draht zueinander, den man auch heute, fast ein Jahr später immer noch sehr stark spüren kann.

Dann kam Liz mit meiner Frau und ihrer Freundin hier an.

Zu unser aller Überraschung kam sie ohne großen Probleme sofort bei uns an.

Auch mit unseren Katzen kam sie recht schnell zurecht. Mit Balu fand sie sofort einen direkten Draht.
Beide akzeptierten sich sofort, während Merlin zunächst sehr ängstlich war. Dabei machte Merlin den Fehler, sich langsam, ja fast in Zeitlupe an Liz heranzuschleichen und wenn er dann mit ihr auf gleicher Höhe war, fing er an zu rennen, was natürlich den Jagdtrieb von Liz anregte. Dies führte dazu, dass Merlin anfangen musste zu rennen und Liz natürlich hinterher.

Balu konnte von Anfang an in aller Ruhe an ihr vorbei laufen, ohne eine Reaktion auszulösen.

War dies seine Ruhe oder seine Selbstbestimmte Art, Neues so gelassen hinzunehmen? Man weiß es nicht!

Unsere neue Mitbewohnerin hat sich erstaunlich schnell bei uns eingelebt und ist nicht mehr aus unserem Leben wegzudenken. Sie scheint vieles zu kennen, sie ist kein Hund, der ständig bellen muss, außer bei anderen Hunden. Bei denen die sie kennt, ist sie in der Regel auch ruhig. Da sie sehr an meiner Frau hängt kommt hier wahrscheinlich auch ein gewisser Beschützerinstinkt zum Vorschein.

Die Bedenken hinsichtlich unserer Katzen hat sie eindrücklich ausgeräumt. Alle akzeptieren sich heute sehr. Ja, es geht sogar soweit, dass Balu und Liz gemeinsam, Po an Po bei meiner Frau liegen und sich ihre täglichen Streicheleinheiten abholen.

Die schönste Stunde am Tag

Auch bei den Mahlzeiten haben wir eine Lösung gefunden.

Unsere beiden Katzen bekommen ihr Essen separat gereicht und Liz lässt sie auch in Ruhe essen.

Wenn beide fertig sind, darf sie mit meiner Frau zu den Töpfen der Katzen gehen, um dort oben nachzuschauen, ob diese auch leer sind oder noch etwas für sie übrig geblieben ist. Dann werden diese schnell von Liz sauber geleert. Mittlerweile haben aber unsere Katzen es gelernt, ihre Töpfe sauber zu leeren, mit dem Wissen, das Liz sie ja später inspiziert.

So haben es alle drei gelernt miteinander auszukommen und harmonisch gemeinsam mit uns zu leben.

Für meine Frau tut dieser Hund, nach ihrer Erkrankung, sehr gut, da er ihr eine fest Aufgabe gibt, neue Kontakte schafft und auch ihr ein neues Lebensgefühl gibt.

Auch meine anfänglichen Bedenken haben sich ins Positive entwickelt. So bin auch ich, neben unseren Katzen, auf den Hund gekommen.

Ich bin die kleine Liz

Unsere kleine Liz hat sich als angenehmer Hund erwiesen und unser Leben ebenfalls weiter bereichert, wie dies schon seit zig Jahren, unsere Katzen es tun!

Somit kann man als Fazit ziehen:

Wir haben alles richtig gemacht. Alle sind zufrieden. Obwohl Bedenken da waren, besonders unseren Katzen gegenüber, war die Entscheidung einen Hund zu unseren Katzen hinzu zunehmen aus heutiger Sicht richtig.

Alle drei haben es verdient, mit uns zu leben, uns gleichermaßen zu erfreuen und das Zusammenleben aus einem tollen Geben und Nehmen besteht.

Meiner Frau tut dieser Hund sehr gut, da er ihr ein neues Lebensgefühl gibt, eine neue Verantwortung und Zuneigung, sowie auch eine tägliche Bewegung bei jedem Wetter.

Noch ein paar Worte in eigener Sache:

Unser besonderer Dank gilt der Tierhilfe Costa del Almeria e.V., die mit ihrem unermüdlichen Einsatz und ihrer Liebe die Tiere dort in Spanien und Rumänien retten, die alle ein besseres Leben verdient haben.

In Spanien selbst vor Ort ist Elke Walbert mit ihrem Team Tag täglich im Einsatz.

Sie ist in der Vermittlung ein toller Ansprechpartner und nimmt sich die Zeit alle Fragen in Bezug auf ein neues Familienmitglied zu beantworten und man bekommt ein gutes Gefühl für die richtige Entscheidung.

Fragen werden innerhalb kürzester Zeit immer adäquat beantwortet.

Die „Reisegruppen" werden mit viel Liebe und Sorgfalt vorbereitet und durchgeführt.

Die Tiere reisen mit einem tollen Transportunternehmen in einem klimatisierten und modernen Transporter, mit super Begleitung.

Elke Walbert und Kristina Haag begleiten die Reisen persönlich.

Angekommen in Deutschland dürfen die Tiere erst einmal einen Auslauf genießen.

Während die Adoptanten warten müssen, werden sie mit vielen wichtigen Informationen, sowie Kaffee und Kuchen versorgt.
Jeder Schützling wird einzeln und persönlich übergeben.

Dies ist das absolute unbeschreibliche Erlebnis überhaupt, bevor dann die gemeinsame Heimreise angetreten wird.

Für Fragen in Deutschland steht Kristina Haag zuverlässig zur Verfügung und auch hier bekommt man immer schnell Hilfe und Auskunft.

Für uns einfach nur super.

Im anschließenden Zeitungsartikel der NWZ wird noch mal vieles beschrieben.

Über eine Spende und ist sie noch so klein, freut sich der Verein immer gerne.

Spendenkonto: **Tierhilfe Costa del Almeria e. V.**
Sparkasse Rhein-Neckar-Nord
DE 16 6705 0505 0039 328461

Unterstützung vor Ort bekommt der Verein auch häufig von der tollen Schauspielerin Andrea Sawatzki!

In diesem Sinne noch einmal recht herzlichen Dank an alle, die diese tolle Arbeit leisten.

Mit den besten Wünschen verbleiben

Manuela, Fritz und die super mega tolle einzigartige wundervolle Liz!!!

Bemerkenswert fanden wir auch den Artikel der Nordwest-Zeitung in der Ausgabe 79 vom 4.April 2024. Dieser Artikel trägt die Überschrift:

ÜBERFÜLLEN HUNDE AUS RUMÄNIEN unsere HEIME?

Engagement Tiertransporte in der Kritik - „Der illegale Welpenhandel ist ein riesiges Problem"

Wir zitieren den Artikel von Larissa Siebolds

Immer wieder wird über das Tierleid und überfüllte Tierheime in Deutschland berichtet – auch die Tierheime im Nordwesten haben mit Streunern und Abgaben zu kämpfen.Mit Blick auf diese Situation geraten auch Tiertransporte aus dem Ausland – vornehmlich aus Rumänien immer wieder in die Kritik.

Verständnis vorhanden

Das kann Elke Walbert, die Vorsitzende der Tierhilfe „Costa del Almera" in Westerholt (Samtgemeinde Holtriem), verstehen und das, obwohl sie selbst eine Tierhilfe mit Transporten aus Spanien und Rumänien leistet. „Ich kann das verstehen, dass vor allem Tierheime das kritisieren. Sie wollen nicht das Tiere aus Spanien oder Rumänien aufgenommen werden müssen." Sie betont, dass diese Entwicklung oft dem illegalen Hundehandel geschuldet ist.

„Der illegale Welpenhandel ist ein riesiges Problem. Die Menschen bestellen sich einfach einen Hund und denken nicht an die Folgen. Hinzu kommt, dass illegale Händler und Züchter nach der Vermittlung oft nicht mehr erreichbar seien – sie würden das Tier bei Problemen nicht zurücknehmen oder helfen.

Vermittlungsfirmen

Und das betrifft nicht nur illegale Händler, so Walbert, sondern auch anerkannte Vermittlungsfirmen aus dem Ausland. „Das ist genauso ein Problem. Schlechte Vereine vermitteln einfach, ohne vorher zu schauen , ob das passt. Und von solchen Anbietern gibt es eine Menge, betonte die Tierschützerin. Und diese würden dazu beitragen, dass immer wieder ausländische Hunde in deutschen Tierheimen landen würden. Bei ihrem Verein „Costa del Almera" habe es so einen Fall in 14 Jahren noch nicht gegeben, betonte sie. „Wir schauen vorher, ob es passt, ob die Angaben des Interessenten stimmen.

Seriosität prüfen

Und wenn dann was nicht läuft in Deutschland, dann sind wir erreichbar. Bei uns ist noch nie ein Tier wieder im Tierheim gelandet.

Bevor sich ein Tier auf den Weg nach Deutschland macht, würden mehrere Gespräche geführt – unter anderem mit dem Veterinäramt. Allein ein Fall habe es gegeben, bei der ein Boxer an ein Pärchen vermittelt wurde. Beide Herrchen sind gestorben. Da haben wir das Tier natürlich zurückgenommen.

Wer sich für ein Tier aus dem Ausland entschieden hat, soll laut Elke Walbert, genau schauen, ob der jeweilige Anbieter auch wirklich seriös ist – allenfalls würde man mit seiner Entscheidung alleingelassen, wenn es Probleme gibt.

Wir haben über jenen Verein unsere Hündin Liz gefunden und können dies nur bestätigen, wie wichtig es ist, eine umfassende Betreuung zu erhalten, da es ja immer mal wieder zu kleinen Problemen kommen kann – und dann ist es sehr wichtig, kompetente Ansprechpartner zu haben.

165

Über den Verein

Die Tierhilfe „Costa del Almeria" wurde vor 14 Jahren in Westerholt gegründet. Die damalige Vorsitzende – möchte nicht namentlich genannt werden – aus Ostfriesland hatte ein Haus in Spanien und baute nach und nach den Verein auf. Sie startete eine Kooperation mit den ansässigen Tierheimen. Seit einigen Jahren leitet nun Elke Walbert aus dem Ruhrgebiet die Tierhilfe und wurde zur Vorsitzenden gewählt. Sie kam zu dem Verein, weil sie vor etwas zehn Jahren zwei Hunde hier adoptierte. Seit zwei Jahren wohnt sie in der Nähe der spanischen Stadt Almera. Auch heute ist der Vereinssitz noch in Westerholt ansässig.

Insgesamt betreut das Team zwei Tierheime in Spanien und Rumänien mit insgesamt 1050 Tieren; sowohl Hunde als auch Kleintiere, wie Katzen leben hier.

Das spanische Tierheim „SOS Adopta" wurde bereits 1985 erbaut und seitdem immer wieder erweitert und vergrößert. 2013 kam eine Tierklinik dazu. Das Tierheim „Gogu Shelter Romania" ist 2020 der Tierhilfe beigetreten. Das Shelter liegt im Südlichen Teil Rumäniens. Die nächstgelegene Stadt ist Buzau; sie liegt etwa 45 Kilometer entfernt.

In jedem Jahr vermittelt der Tierschutzverein 250 Tiere, überwiegend nach Deutschland, aber auch in die Schweiz. Um diese Tiere zu versenden, ist der Verein, auf Spenden angewiesen. Die Futter, Medikamente und Transportkosten seien immens – in einer Woche wird in Spanien eine Tonne Futter verfüttert.

Soweit der Artikel in der Nordwest-Zeitung vom 4. April 2024

So hoffen wir, dass dies auch weiterhin so bleibt.

Wer sich entschließt, ein Tier zu sich zu nehmen, sollte sich aber auch einmal folgende Gedanken machen:

Was muss ich tun, damit das Tier es bei mir gut hat?

Habe ich den nötigen Platz für das Tier?

Welche Kosten erwarten mich für die Ausstattung des Tieres, dass ich erwerben will?

Kann ich die Kosten für sein Essen aufbringen?

Was ist mit den Kosten, wenn das Tier mal zum Arzt muss?

Brauche ich eine Rechtsschutz-Versicherung?

Brauche ich eine Tierarzt-Versicherung?

Muss ich eine Hundesteuer bezahlen und wie hoch ist diese?

Gibt es Auflagen bei bestimmten Tierarten?

Was mache ich mit dem Tier, wenn ich einmal selbst krank bin?

Habe ich die Zeit, mich um das Tier zu kümmern?

Über diese Fragen und mehr sollte man sich zunächst einfach mal Gedanken machen, bevor man sich ein Tier zulegt.

Auch Tiere sind Wesen, die man respektieren sollte. Auch sie wollen ein Leben in Ruhe und Harmonie.
Auf der anderen Seite geben sie uns Menschen immer sehr viel, ein Punkt, den wir nie außer Acht lassen sollten.

Wer bekommt hier ein Leckerlis mehr ab?

Wer am meisten bettelt?

Bevor ich nun zum Ende unseres Buches komme, wird jeder verstehen, warum die Arbeit solcher Tierschutzorganisationen notwendig ist – auch in unserer heutigen Zeit, wo alle glauben, wir sind aufgeklärt!

Manchmal muss man sich allerdings fragen:

Sind wir das?

Sonst würde dieses nicht geschehen:

Abschiedsbrief eines Hundes an sein Herrchen

Ich hatte dich lieb!

Am Morgen bist du sehr früh aufgestanden und hast die Koffer gepackt. Du nahmst meine Leine, was war ich glücklich! Noch ein kleiner Spaziergang vor dem Urlaub – Hurra!

Wir fuhren mit dem Wagen und du hast am Straßenrand gehalten. Die Tür ging auf und du hast einen Stock geworfen. Ich lief und lief bis ich den Stock gefunden und zwischen meinen Zähnen hatte, um ihn dir zu bringen! Als ich zurückkam, warst du nicht mehr da!

In Panik bin ich in alle Richtungen gelaufen, um dich zu finden, aber ich wurde immer schwächer. Ich hatte Angst und großen Hunger.

Ein fremder Mann kam, legte mir ein Halsband um und nahm mich mit. Bald befand ich mich in einem Käfig und wartete dort auf deine Rückkehr.

Aber du bis nicht gekommen!!

Dann wurde mein Käfig geöffnet, **nein, du warst es nicht** – es war nur der Mann, der mich gefunden hatte.

Er brachte mich in einem Raum... **es roch nach Tod!**

Meine Stunde war gekommen.

Geliebtes Herrchen, ich will, dass du weißt, dass ich mich trotz allen Leidens, das du mir angetan hast, immer noch an dein Bild erinnere.

Und falls ich noch einmal auf die Erde zurückkommen könnte...ich würde auf dich zulaufen, denn ich hatte dich lieb!

Diese Geschichte stammt aus einer Belgischen Zeitung, mit der Bitte sie zu verbreiten!

Leider kommen solche Geschichten immer wieder vor, wo Tiere einfach ausgesetzt werden und ihrem Schicksal überlassen werden. Nicht jedes Tier hat das Glück eine neue Heimat zu finden.

Das Autoren-Team

Fritz-Stefan und Manuela

Valtner

Nach unserer Hochzeit im Jahre 2011
haben   wir   2012   unseren
gemeinsamen   Neuanfang   hier   im
Norden begonnen.

Unser gemeinsames Glück fanden wir in der friesischen Gemeinde Zetel.

Neben vielen anderen Gemeinsamkeiten ist das Schreiben und Gestalten von Büchern zu einem Hobby von uns geworden.

Mittlerweile haben wir mehr als zwanzig, zum Teil auch sehr persönliche Bücher, gemeinsam herausgebracht.

Zahlreiche Zeichnungen stammen dabei aus unseren Federn, wie auch viele Fotos, die wir auf unseren Fahrten hier im Norden „schießen" konnten.

Zu unseren weiteren Hobbys gehört auch das Töpfern, das Arbeiten mit Knetbeton, das Malen mit Acryl - Farben und vieles mehr.

Bisher sind folgende Bücher von Fritz-Stefan Valtner erschienen:

2009
Das Leben und Wirken des
Strohwitwers Fritz
ISBN: 978 3941 759070

2010
Plötzlich allein... wie soll ich Leben
ohne Dich?
ISBN: 978 3939 241058

Sex kann so schön sein... man muss
ihn nur haben!
ISBN: 978 3939 241010

2011
Kolvensbachs Pitter... und sein
leidvoller Ehealltag.
ISBN: 978 3939 241669

2013
Mein Name ist Jacey... die Hauskatze
ISBN: 978 3944 028224

2015
Rusty packt aus... die Welt aus
Katzenaugen
ISBN: 978 3981 1709223

2017
Kommissar a. D. Klaus Schöne
Aktenzeichen 2609
Ein ungeklärter Mord auf Baltrum
ISBN: 978 3741 288135

Das Leben des Peter Bork
ISBN: 978 3744 829366

Liebe zwischen Lee und LUV
ISBN: 978 3744 830607

Plötzlich allein... aber das Leben geht
weiter!
ISBN: 978 3746 034393

Kommissar a. D. Klaus Schöne
Aktenzeichen 1510
Leichenfund in einer Friedeburger
Kiesgrube
ISBN: 978 3741 281082

2018

Gamaschen Fynn... ein Kater erzählt
ISBN: 978 3748 151944

2019

Kommissar a. D. Klaus Schöne
Aktenzeichen 1017
In der Tiefe des Moores
ISBN: 978 3749 421503

Burn out … der lange Weg in die Krise
ISBN: 978 3749 429660

Sommertraum(a
ISBN: 978 3743 159473

Moritz... der kleine Filou
ISBN: 978 3749 497911

2020

Verlorene Jahre
ISBN: 978 3751 989596

Kommissar a. D. Klaus Schöne
Aktenzeichen 1119
Aphrodite
ISBN: 978 3752 610803

Die Stammtischrunde „Lütte Jungs"
Teil 1
ISBN: 978 3752 609929

2021
Kommissar a. D. Klaus Schöne
Aktenzeichen 1021
Das Schweigen
ISBN: 978 3754 352427

Der Spieler
ISBN: 978 3754 352328

Die Stammtischrunde „Lütte Jungs"
Teil 2
ISBN: 978 3754 352113

2022
Kommissar a. D. Klaus Schöne
Aktenzeichen 1020
Marie van de Ark
ISBN: 978 3754 322765

Kommissar a. D. Klaus Schöne
Aktenzeichen 1120
Ein stiller Helfer
ISBN: 978 3754 322700

Der Strohwitwer Fritz
… der Irrsinn geht weiter
ISBN: 978 3754 324646

Kommissar a. D, Klaus Schöne
Aktenzeichen 0522
Spurlos verschwunden
ISBN: 978 3756 842216

Die Stammtischrunde „Lütte Jungs"
Teil 3 – 6
ISBN: 978 3756 843558

2023
Kommissar a. D. Klaus Schöne
Aktenzeichen 0522
Der Zeuge
ISBN: 978 3758 309131

2024
Mein Käfer und ich
ISBN: 978 3759 754208

Weitere Texte finden sie in den nachstehenden Anthologien 2010 - 2013:

Deutsche Literaturgesellschaft
- **Gedichte, die die Zeit überstehen -**
- Erinnerungen
- Liebe
- Weihnachten

August von Goethe-Verlag
- **Glücklich allein ist die Seele, die lebt -**
- Der Hochzeitstag
- Mein geliebter Schatz
- Wehmut

Zwiebelzwerg-Verlag
- **Keinen Augenblick mehr mit dir -**
- Der Talisman
- Mein geliebter Schatz II